JN177019

虫愛づる姫もどき

作　おのりえん
絵　秋山あゆ子

理論社

もくじ

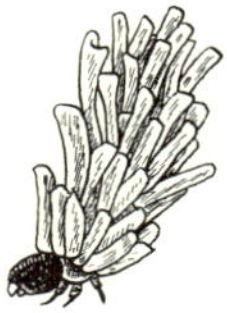

装幀　南　伸坊

秋風

風の理《ことわり》

秋です。天高く、馬肥ゆる秋。

二百十日の台風が過ぎたら、空気は澄んで胸の中を洗うようです。かーんと突き抜けるように晴れた空の下、足元で笑い声がけらけら、玉のように弾んでいます。よりさんと、友人のはなさんが、家の前で立ち話をしているのです。

はなさんは、車で二十分足らずのご主人の実家近くの牧場で作っているアイスクリームを大量にもらったからと、おすそ分けに寄ってくれました。

「濃厚で美味しいよ。カロリーも満点」

「やだ……太っちゃうね」と、二人のけらけら転がる笑い声に誘われて、ゆきさんも家から出てきました。ゆきさんはお隣さんで母親仲間です。

「おはよう。なんだか楽しそう」

「おはよう」

でも、ゆきさんを振り返った途端、

きゃあぁっー‼

よりさんの悲鳴が、平穏な空気を劈《つんざ》きました。

「ゆきさん、逃げてっ！

後ろ！　タランチュラ！」

よりさんは蒼白《そうはく》になって、ゆきさんの頭の上を指さしました。


ゆきさんの家のドアの上に、大きな蜘蛛《くも》がいたのです！

黄色い家の外壁に、大輪の灰色の花がぱっと咲いたような……ばかでかい蜘蛛！　大人の男の人の手ほどの大きさで、洗面器をかぶせても、足先がはみ出るほど……それががっしり壁をつかんでいます。ゆきさんは、よりさんの指さす先をみて、パンと弾かれた弾のように、玄関前の階段を飛び降りました。

「何、あれ？　何、あれ？」すっかり動転して、よりさんにしがみつきます。

でも、はなさんは平然と、むしろ華やいだ声で嬉しそうに言いました。

「やーだ、あれ、コブじゃない？　わあ、久しぶりに見るー」

「えっ？」

さらっと言ってのけたはなさんの顔を、二人は茫然《ぼうぜん》と見つめました。

よりさんは新参者《しんざんもの》です。だんなさんの仕事の都合で、飛行機で二時間、車で一時間のここに、小学生二人と保育園児二人――四人の男の子と越してきてまだ一年たちません。引っ越しが決まったときは、しょせん同じ国の中とタカをくくっていたけれど、実際きてみたら思った以上に違いました。ここは自然があふれかえっていて、前の住まいがピアニッシモならここの自然はフォルティッシモ。

なかでも、驚かされるのは虫でした！

数も種類も大きさも、色も形も尋常《じんじょう》ではなくて、もともと虫は苦手なのに避けて通ることができません。

それにしてもこんなに大きな蜘蛛と日常の中で出会うなんて！

はなさんは生まれこそ西隣の県ですが、ここに住んで長いので大きな蜘蛛にも動じません。かたやゆきさんは、南隣の県の町中出身。ここはよりさんにとっては、オクターヴ違う音階のところにきたようなものですが、二人の違いは、音符に♯《シャープ》や♭《フラット》が付いたくらい。でもその少しの違いで、木々やら花やら空気が違い、その土地が育む虫もまた違うので、今回のゆきさんは、よりさんと同じようにコブは初めてで縮み上がっています。


「あれは、コブっていうの。毒なんかないよ」と、はなさんは言います。

「タランチュラじゃないの？」

「違うよ、ただのコブ。ひい婆ちゃんの家にもいたよ。見たことない？」

「コブ？」

「たんこぶのコブね。家の梁《はり》にちょんってついてるから、家のたんこぶ」

「家のたんこぶのコブ？」

うまいことを言います。

「それにコブって、縁起、いいんだよー。福の神の仲間。家守《いえも》りなの」

「家守りって？」

「座敷童子《ざしきわらし》とか青大将とか、白蛇とかヤモリとかムカデとかと一緒。だから傷つけちゃだめ、大事にしないと。ひい婆ちゃんはミズキさんって、名前つけて呼んでたよ。うちの子はハナミズキの花みたいに、華があるからって」

「げっ」

ハナミズキなら分かります。白に、薄紅の縁取りの大きな花。でも真ん中にこんもりとあるみどりのおしべとめしべに見える所が花の本体で、周りの四枚の白い花びらに見えるのは葉の一部……先のわずかに二つに割れたところが紫に縁どられています。中心があって、四方に手を広げて、手の平の大きさのハナミズキ……いわれてみれば、八本足の大蜘蛛と大きさも形も似てないこともありません。その名を蜘蛛につけるなんて、はなさんのひい婆ちゃんはなかなかです。はなさんは続けます。

「うん……それに、コブって頭いいんだよ。たまに下におりてきた時にひい婆ちゃんが、小さな虫を捕まえて『ミズキさん、どうぞ』って振ると、ひい婆ちゃんの手からもらって食べるの。だから私、触れる」と、蜘蛛に歩み寄ろうとさえしたので、ゆきさんは慌ててはなさんの腕をつかみました。

「やめて！　分かったけど、触らないで」

「じゃ、どうする？」と、はなさんが聞きました。「傷つけたら罰があたるよ。このままにしとく？」

「それはだめ、追い払って」と、ゆきさんは首を振りましたが、

「じゃ、どかそう……」と、はなさんが歩み寄ろうとすると、

「あ、直《じか》に触るのは絶対だめよ」と身をよじります。

「じゃあ、どうすればいいの？」

三人は、みんな主婦であるのに、高校生の小娘のように、きゃあきゃあ騒ぎました。すると、

「あら、何だか、楽しそうね」と、ふいに声がして、三人は悪戯《いたずら》を見つかった子のように跳び上がりました。声の主は、やはり母親仲間のすーさまといーさま。手にいくつものビニール袋を提《さ》げて近づいてきます。

よりさんとゆきさんの住まいは、新興住宅地『グリーンタウン』の一画です。四軒ずつ入った、黄色いテラスハウスの棟が五棟。屋根が茶色で、カステラを切ったように見えるので、別名カステラハウスと呼ばれています。その端の一番奥の棟の、端っこがゆきさん、その隣がよりさんの家。小学生くらいの子どものいる家族ばかり集まっていて、子ども会もあります。そういうところでは常ですが、お母さんの中にも学級委員のようにみんなを束ねる人がいます。それがすーさまと、いーさま。

ふくよか、色白、いかにもお母さんらしいすーさまと、背が高く細くてミンチン先生のようないーさま。二人並ぶとシルエットが、数字の8と1に見えるので、よりさんとゆきさんは密かに、18《いちはち》コンビと呼んでいました。

「何だか楽しそうね……」と言った後、すーさまといーさまはすぐ、三人の様子がおかしいのに気づきました。それで三人の視線をたどって……コブを見つけました。

その途端、すーさまは手にしたビニール袋の一つの口を、ささっと縛りました。

すーさまより家側にいたいーさまに、さっと渡します。絶妙のコンビネーション。

いーさまは、袋を受け取るやいなや、コブ目がけて投げつけました。

しゅぱっ！

まるで甲子園のマウンドに立つ球児のような、見事なフォームがスローモーションで見えました。でも、袋はコブの数センチ離れた壁に、ごん……という音をたてて当たり、その瞬間、コブは、まるで無重力に飛び上がるように、しゅっと姿を消しました。

いーさまは落ちた袋を拾って、中を開けて覗き、ふっとため息をつきました。

「家守りに当てるつもりはないわ。脅かしただけ。でもごめんなさい、割れたわね」

投げられた袋の中身は茄子《なす》でした。すーさまが知り合いの農家からもらって、ビニール袋に小分けにして、立ち話をしている三人にお裾《すそわ》分けしようと持って来たのです。すーさまはまだあるから後でもう一袋持ってくると言ってくれましたが、よりさんは漬け物にすると言って割れた茄子をそのまままもらい、散会になりました。

家に入ってよりさんはアイスクリームを冷凍庫にしまい、茄子を浅漬けにし、コーヒーをいれて、ようやくひと心地ついて昆虫図鑑を開きます。コブのことを調べるのです。それはここに来てから身についた習慣でした。

最初は春に、すーさまに黒と赤のトゲトゲの幼虫の名前を尋ねたら、『名前なんかないわ。何にもならないただのケムシよー』と言われたのがきっかけです。自らをジモッティと呼ぶ地元の人にしたら、そんな質問は「空は何で青いの？」という子どもの質問と一緒で当たり前すぎて答えにつまり、聞いてもはぐらかされてしまいます。でも何にも成らない幼虫なんていないし、名前がないこともありえません。自然や虫にどんなに疎くても、よりさんは大人で、理に適《かな》わない事は受け入れられません。かといって、すーさまを質問攻めにして困らせる気もなかったので、よりさんは自分で図鑑を調べて『ヒョウモン蝶の幼虫』だと、答えを見つけ出し、以来、初めての虫を見たら調べるのが習慣になりました。

でも今回は楽勝です。『コブ』はあだ名でしょうが、姿は見たので一枚ずつ、蜘蛛の写真に当たればいいのです。そしてページをめくりながら、よりさんは自分の頭の中に、虫を調べるようになってからも蜘蛛の居場所がなかったということに気づきました。

もちろん蜘蛛は何度も見てきました。蜘蛛の章の冒頭に、『夜間徘徊性で、俊敏に動くので、恐怖を感じる人も多く、不快害虫として嫌われがちである』とあります。よりさんは、虫の部位の中でも特に『脚』が苦手なので、八本も脚のある蜘蛛は怖くて不快なばかりです。記憶術でいう、頭の中の記憶の神殿が、立派なものでないにしてもよりさんにもあります。よりさんは蜘蛛を『自分とは関係のない、忘れていいもの』の部屋に放り込み、一顧だにしなかったので何回見かけても蜘蛛は、部屋の中のガラクタの間にバラバラ散らばっているだけです。

蜘蛛といえば、綺麗なウェブ――蜘蛛の巣を思い浮かべます。けれど女郎蜘蛛のようなそれは蜘蛛のほんの一部で、バラバラの記憶の中には袋のような罠《わな》の巣を張る蜘蛛や、糸を投げ縄のように使う蜘蛛――そんなものも見たような気がします。近所のペットショップで見たタランチュラも、巣なんて張っていませんでした。小学校の夏休みに軽井沢の松林で、スターウォーズにでてくる宇宙の乗り物のような姿をしたのがたくさん、地面の積もった枯れ草の上でゆらゆら揺れていて、『座頭グモ』という名前だけれど、クモではなくて、逆に葉の上に落ちていた鳥のフンが『トリノフンダマシ』というクモだと教わり、呆気にとられたことも、図鑑を見るうちに、思い出してきました。

「そっか、いろいろいるんだ……」よりさんは散らばっていた蜘蛛の記憶を集め、頭の中の『虫』の部屋に『蜘蛛』の棚を作って、そこに整理しながら収めるような気持ちで、丁寧に図鑑をめくり……コブの正体も突き止めました。


アシダカグモ。

ゴキブリなどを食べるので、アシダカグモが家にいると他の害虫がいなくなります。あの俊敏なゴキブリでさえ、アシダカグモに気づいた時には、もう捕まっているくらい素早いのです。蜘蛛好きの人の世界では、その最強のハンターぶりが『軍曹』と呼ばれて人気者です。写真で顔のアップを見ると、やっとことというより吸飲口のようにかっ込む牙は怖いけれど、八個の目はキョトンとして、憎めないところがあります。アリやハチ、カマキリもセミも、目は二つではありません。大きな複眼と、別に額に小さな単眼がありますが、単眼は針の先ほどの大きさです。けれど蜘蛛は大小のない同じ大きさの、ビーズのような目が、上下四つずつ——二列並んだ、色も形も同じ八つの目がきょとん、くるりとあたりを見ているのです。カンブリア紀の生物のような、宇宙生物のような不思議な顔立ちで、しかもコブ、軍曹、そしてミズキさんと、たくさんのあだ名をもらうほど、身近な虫です。福の神として大事にする地域もある……と、ありました。

「全然知らなかった。有名なんだ、コブ」

よりさんは、図鑑をパタンと閉じました。


でも、事はそれで終わりませんでした。

夜のことです。だんなさんは残業で、よりさんはお風呂に入っていました。すると、台所で夜を劈く悲鳴が上がったのです。慌ててお風呂から出て飛んで行くと……コブでした！　台所の天井にコブがいて、子どもたちが縮みあがっていました。

「行け、行け！」

手に殺虫剤を持たされて、前に押し出されているのは一番年下のみなもです。押しているのは二男のあさひ。

「やめろ！　殺しちゃ駄目だ。こだち、お前がいけ！」

一男のひなたは、みなもを押しとどめ、三男のこだちに行けといいますが、こだちは虫取り網を持ったまま、顔を背けて壁に張り付き、壁の花と化して自分の気配を消そうとしています。

「脅かして、出すんだよ！　ひなた、窓開けてよ！」と、あさひがひなたを押して、「お前が行けよ」と、ひなたがあさひを押し返して大混乱！

そしてみんながよりさんを見ると叫びました。

「大変だ、母さん！　タランチュラだ‼」

「あちゃー……」まるでデジャブ。でも、予想すべきでした。

よりさんはここに越してきて、虫に初めて出会ったようなものです。元々苦手で都会にいたころは、見ようともしてきませんでした。でもここでは避けて通れません。いやおうなく出会う虫は脅威で驚異。よりさんの予想を超えます。子どもも並みに驚き、そして怖いもの見たさもあって目が離せず……その間じゅう、胸の鼓動が激しくなります。するとその興奮は、周囲にもなにがしかの臭気を放つらしく、虫の方もよりさんを選んで寄ってきます。なぜか虫と遭遇する機会が、他の人より多いのです。この辺りでは当たり前すぎて、人の目にも記憶にも留まらない虫が、この人なら驚いてくれる、再発見してくれるとばかり寄ってきます。久々に上がる悲鳴で、生気やプライドを取り戻すことができるとでもいうように。だから予想すべきでした。コブが選ぶとしたら、よりさんの家だと――。

はあ……。よりさんはため息をつきました。

「母さんがやるよ。窓、開けて出す。あれ、タランチュラじゃなくって、コブっていう福の神なんだって。だから殺したりしたら罰が当たる。皆は台所から出て」と、よりさんが言うと、子どもたちはダッシュで台所から飛び出し階段を駆け上がりました。すれ違いざまこだちから虫取り網を受け取ってよりさんは体を低くして、台所を突っ切り、向かいのベランダに出るサッシを一気に開けました。

「出た？　出た？　出たの？」

良く分かりません。でもこわごわ天井を見上げると、コブの姿はありませんでした。


けれど、コブは外に出て行ったわけではありませんでした。

翌日のことです。昼間、よりさんが台所でコーヒーを飲んでいると、じっと見られているような不穏な気配。そして気配の元をたどるといたのです。

天井に、コブ！

ひいいいいいい！

よりさんは声にならない悲鳴をあげました。しかも……。

ぼと。

天井からコブが、ぼとっと目の前のテーブルに落ちてきたのです。立ち上がって逃げる暇もありません。よりさんはできる限り体を反らし、距離をとりました。

遠目にみていたコブが、今は目の前で姿をさらしています。もちもち、むっちりした質感に、体を覆う毛並みが手入れの行き届いた柔らかい芝生のように、つやつやしています。灰鼠《はいねず》のからだが、ほのかにぼうっと銀色に光を放って、虫というより哺乳類《ほにゅうるい》――まるで小さな子猫です。図鑑の写真ではかわいく思えた目も目《ま》のあたりにすれば、かわいさなんて吹っ飛んで身がすくみます。本物は無理！

よりさんは昨日いーさまがしたように、手近な何かを投げて脅して追い払おうと、コブから目を離さず手探りで、テーブルの隅の新聞に手をかけました。でも伸ばした手をすぐはっと止めました。気づいたのです。コブの背中に何かいるのを。

背中の真ん中の毛並みがわずかに動いていて、目を凝らすと、水滴をたらしたように、そこだけ密度の濃い空気が、くるくる回っています。大粒の飴玉《あめだま》ほどの小さな台風のような、動く勾玉《まがたま》のような……。

コブの背中のこぶ。

蜘蛛の背中の雲。

そんな風の塊が、かすかに、「ヨーリ……」と、声を発したように思えて、「あなたはだあれ？　イヒッチェク？」よりさんは咄嗟《とっさ》に本に出てくるいたずら小鬼の名前を言いました。


ここに来て、寄ってくるのは虫だけではありませんでした。はるかはるか昔。小さな子どものころ、よりさんが一人で遊んでいると、小さなものたちがやってきました。それは他の人には見えない、姿形、大きさも手触りも匂いも違う秘密の友達。そしてその小さいものはよりさんを『ヨーリーン』と呼びました。呼ばれるとよりさんは「あなたはだあれ、イヒッチェク？」と、本のいたずら小鬼の名前を言います。すると小さいものは「違うよ」と、自分の名前を名乗って一緒に遊びます。ここに来て、初めての虫に子どものように驚き続けていたら、よりさんの元に再びこの小さなものたちが訪れるようになりました。コブの背中に乗った不思議なものは、それに違いありません。

「あなたはだあれ？　イヒッチェク？」

爪先ほどの豆台風は、「あ……か……ぎょく……しょうしょう……」と、かすかな声で答えました。

普通は固体の身体があって、声を発します。でも固体の体がない、しゅんしゅん回る風の塊が発する声は小さくて、しかも回りながらなのでよく聞き取れません。

「えっ？　何？　もう少し、大きく……」

『大きく……』確かによりさんは、そう頼みました。

すると、その途端、小さいものはしゅんしゅんと激しく回り出しました。そして綿あめが膨らむように、渦を巻きながら周りの空気を取り込んでどんどん、どんどん、大きくなりだしたのです。あれよあれよと思う間に、部屋の中で竜巻が起こったような有り様になりました。恐ろしいことに、コブも霧のように一緒に大きくなっていきます。膨張……拡散……そんな感じ。部屋で渦巻く風の中に、よりさんの顔ほどもある八つの目がびゅんびゅんと、過《よぎ》ります。もうどこからどこまでが、風の塊で、どこからどこまでがコブなのかわかりません。よりさんは風と元コブらしきものを避けて、腕で顔を隠し頭を抱えて叫びました。

「誰?? 誰?? あなたはだあれ??」

ワンワン、ウワンワン……

部屋いっぱいの風の中で聞くと、声は大きすぎてワンワン響くだけ。

「分からないよー。もう少し小さく！」


すると今度は、風の渦がだんだん収まり出しました。収縮——風の密度が濃くなって、よりさんから離れて行きます。よりさんはこわごわ目を開けました。

うわあああ!! よりさんは、床に尻もちをつきました。

これをちょうどいい大きさというのでしょうか？

テーブルいっぱいに、大きなコブがでーんと乗っていました！

そしてその背中に、一抱えもある風の塊がしゅんしゅん……まるで歌舞伎の巨大なガマガエルに乗った、ジライヤです！

ジライヤ風の風の塊は、すっかり怯えているよりさんを見下ろして、火花か槍のような、とげとげしい言葉を発しました。

「我こそは、秋風の勾玉、禍玉《かぎょく》。そして禍玉の、掌《うてな》、悄々《しょうしょう》ー」

その途端、コブのショウショウが、挨拶するように脚をじたばたさせたので、爪がテーブルに当たってカチカチ鳴ります。小さいものの仲間なのにこの大きさは反則です。すぐ目の前のショウショウの脚に、よりさんは総毛立ちました。

これだけ体が大きくなると、それは虫の顕微鏡写真のアップを見るようで、さっき滑らかに見えた毛も一本一本が強《こわ》い鋼《はがね》に見えます。恐ろしすぎて目が離せません。

「何をそんなに見てるんだ？」

「脚……」

「脚？　ふん……脚が怖いのか、ヨーリーン？」カギョクは、鼻で笑いました。

「何だよ、がっしり踏ん張るこの脚こそが、ショウショウの持ち味だぞ」

でもそう言いながらもカギョクは、ショウショウの頭を風の先でしゅっとなでました。するとショウショウは、きゅっと節を折って爪を隠しました。カギョクは、象使いならぬコブ使いのようです。

「長い付き合いになるのに、いちいち驚かれちゃ面倒だからな」

「えっ？　長い付き合い？」

「仕方ないだろ」ちっと、カギョクは舌を打ちました。「お前、風雅だろ？　風雅ってのは、嫌いじゃあないが、手がかかる。特に秋にはね」

旅の詩人だったよりさんのおじいちゃんを、おばあちゃんがよく、『風雅人』と呼んでいました。普通の人が執着することには気を向けず、気持ちの赴くまま、風任せの風来坊。よりさんは確かにその血筋です。

「風雅ならわかるだろ？　二百十日を過ぎて、風向きが変わったことくらい……」

カギョクはまた、上から雲を千切《ちぎ》るように、不遜なもの言いで言葉を投げおろします。

「あ、何となく……」

「何となくじゃあ困るんだ。いいか、春の風は出てくる風だ。秋の風は帰る風。どこに帰るか分かるか？」

「……」よりさんは首を振ります。

「みんな一度死ぬってことよ。皆一度、冬に死ぬ。でもな、ヨーリーン、死は恐れるに足らぬ……通る道で、始まり。大事なのはなあ、死に場所だ。それを間違えたら二度と戻れなくなる。死が繋《つな》がらなくなって終わりになる。なのに風雅ってのは実に危なっかしい」

カギョクは頭にくるとばかり、ぎゅるんと、大きく体を回しました。

「根づくってことに執着しない。いくら風雅でも秋のいっときだけは足元を確かめないと。流されて水どころか地にも沈む。吐息の風にも運ばれて、魂ごと持ってかれる。そうなったら大変だ。死に場所は間違えたらだめだ。分かるか？」

「あ、うん……」

『うん』？　本当にわかってるのか、ヨーリーン。お前を間違わせる訳にはいかないんだ。だって……」

カギョクは、一瞬その先を言うのをためらって、言葉を切りました。畳みかけるように、押しつけていた言葉が急に途切れると、それはそれで不安になります。

「言って。だって……何？」

すると、カギョクは、ウウンと、咳払いして吐き捨てました。

「……お前は、この辺りの、お気に入りだからな」

風の塊のカギョクが、顔を赤らめるというのは変ですが、カギョクはあからさまに照れて、ショウショウの背中をしゅっと蹴って宙に飛びだしました。

ショウショウから離れた途端、カギョクは千切れるようにばらばらになり、あっという間に空気に溶けて姿を消しました。

「あっ？」

よりさんがその姿を追った一瞬に、ショウショウも、しゅっと一瞬で元の大型蜘蛛の大きさに戻り、しゅっと水の上を滑るようにテーブルから姿を消しました。

小さいものは出るときも気まぐれなら、消えるときも気まぐれ……。まるで何もなかったようによりさんは一人台所に取り残されました。あれだけ風が巻いたのに、台所の物がただの一つも落ちたり動いたりもしていないので、やはり不思議です。

風雅には秋は危険な時と、言われてもあまりピンとは来ませんでしたが、でもカギョクが言った『お気に入り』という言葉は、妙にくすぐったく、いい気分でした。

秋分

余白の月

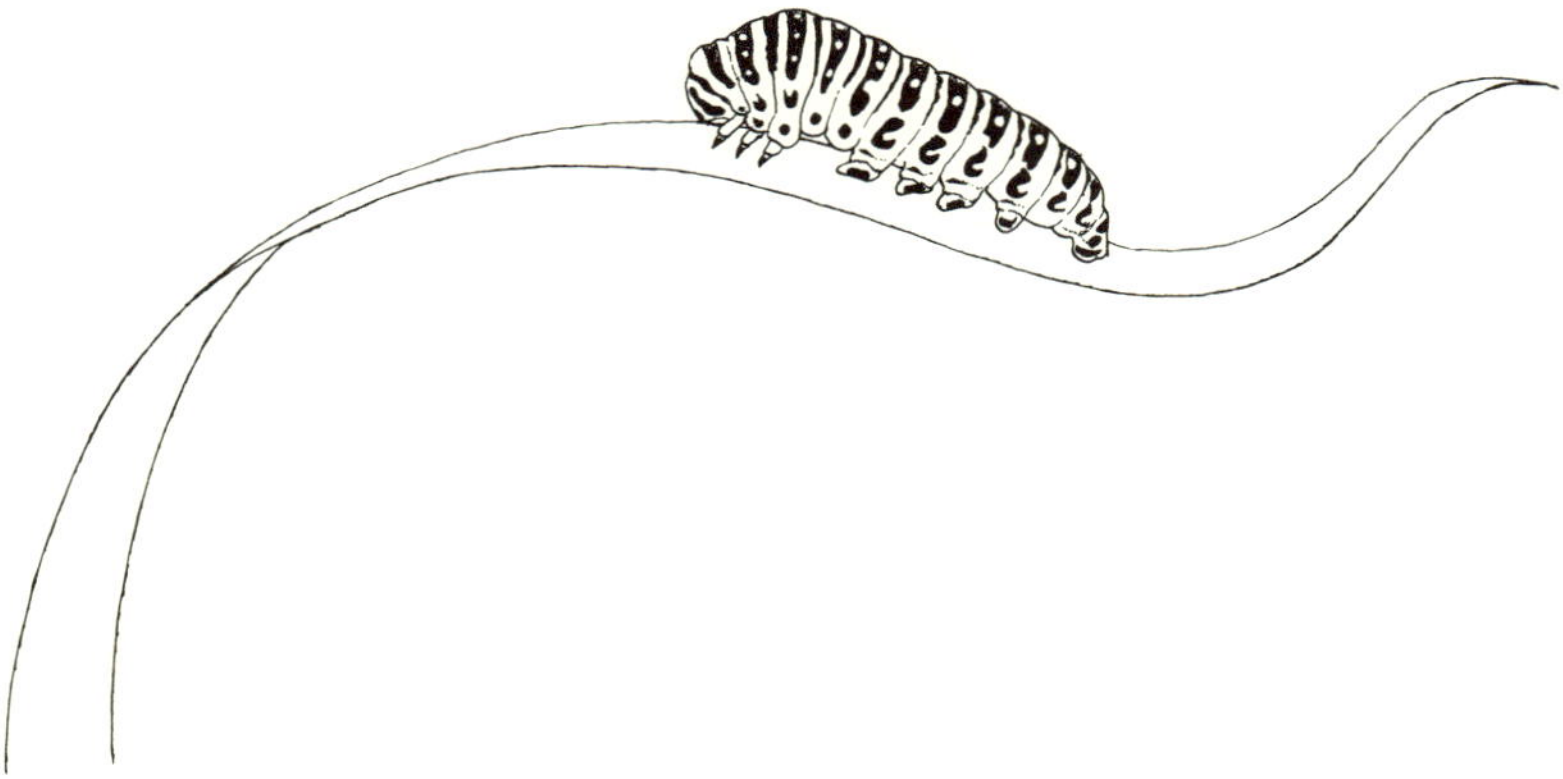

夜。

ひんやりした空気が、しんと澄みきっています。ついこの間まで夏の夜風は獣じみた匂いがしたのに、今宵の初秋の風はかすかなハッカ臭が頬を打ちます。

よりさんは、茫然といーさまの前庭の前に立っていました。

よりさんの視線の先にはレモングラスの株。ついこの間まで葦《あし》のような葉が吹き出ていたのに、丸ごと、すっぱりと刈り取られています。根元をビニールの紐で縛られ、三十センチくらいの高さで刈り込まれた株は、まるで料理に使うエノキの石づきの切り口のようです。

「あああ……参った」

万策《ばんさく》尽きた思いで天を仰ぐと、猫が爪で引っかいたような心もとない残りの月がかすかに空にかかっています。

「あああ……どうしよう」

もう一度レモングラスに目を落とすと、誰が落としたのか、そのそばにボタンが一つ落ちていました。一円玉くらいの乳白色の貝殻でできたボタン。何かに役立てようと思ったわけではないけれど、よりさんはただ差し出された手を握るように、ボタンを拾いました。すると、突然、ふっと、後ろに引きこまれるような眩暈《めまい》に襲われて、思わずしゃがみ込むと……。


「よーりこさん、よーりこさん」

しわがれた声がよりさんを呼びました。

「よーりこさん、よーりこさん」

よりさんは、目を開け、声のする薄暗がりに目をこらしました。

「よーりこさん、よーりこさん」

でろんでろん……

ヒキガエルでした。体の脇に青白いお腹をはみださせ、大儀そうに這《は》ってきて、

「よーりこさん、ようこそお越し、いらっしゃい」と、よりさんに微笑《ほほえ》みました。

「あ……ヒキガエル」

このヒキガエルは昔馴染《なじ》みです。子どものころ、おばあちゃんの庭でよく見かけました。でもその時のヒキガエルはただのヒキガエルで、口をきいたりはしませんでした。大きくなるにつれ、よりさんがおばあちゃんの部屋に行って時を過ごすこともなくなり、忘れていたけれど、この春、再会しました。越して来たこちらにある神野公園に家族で桜の花見に行って、よりさんが桜の古木の近くの草《そう》庵《あん》の前の道に一人迷い込んだとき、姿を現しました。そして初めて聞くのに懐かしい声で、今と同じようによりさんに話しかけたのです。

春分以来、久しぶりのヒキガエルでした。

よりさんはどんなにもほっとしました。毬《まり》のようにパンパンに張り詰めていた気持ちにぷっと穴が開き、こらえていた何かが目からこぼれそうになります。

「あらあら……そんなおへちゃな顔しちゃ、せっかくの美人さんが、台無しよ。今、そっちに参りますから。深呼吸、深呼吸……」

ヒキガエルは、ぶぶっと息を吐いて、黄金《こがね》色の目をぱちくりさせました。

「うん……」

よりさんは言われるままに、すううっ……と、鼻から息を吸って、ふううっと、口を尖《とが》らせて、長く息を吐きました。すううっ……ふううっ……と繰り返すと、だんだん気持ちが落ち着いてきます。


「ん……どこらしょ、どっこいせ……」

ヒキガエルが、隣に座ると、みしっと、床板がきしみました。

出てきた時は、普通のヒキガエルの大きさであったのに、並ぶとよりさんよりも大きいくらいです。縁側の縁に足を下ろして腰かけると、大きなお腹が青白く、つるんと月を照らし返しています。ヒキガエルは、小さい子にむけるような眼差しでよりさんの顔を覗き込みました。

「お久しぶりね、よりこさん、大丈夫？」

「うん……でも、ここはどこ？」

よりさんは、不思議そうにあたりを見回しました。

「どこって、もちろん、草庵ですよ」

さっきまでよりさんは、グリーンタウンの——カステラハウスのい一さまの家の前に立っていたはずなのに、確かに言われてみればここは庵《いおり》。いつの間にかよりさんは神野公園の庵の縁側に座っていました。


春分にヒキガエルと出会ったのは公園の庵の前でした。由緒ある家屋で、普段は閉まっていて中に入れないので、今まで外から眺めたことしかないけれど——。

しんと広がる苔と土の庭。縁側の下に敷き詰められた白い玉石。

夜の帳《とばり》の中にぼんやりと、ぐるりを囲む竹垣と、色づき始めたモミジやナンテン、アオキの木。

目の前にあるのは、間違いなく、庵の庭の景色です。背中の後ろの深いしじまは部屋の角が全て分かる、何も置いていない畳。

草臭い匂いと、奥から漂う湿った古い空気。

指先に触るのは、磨きあげられた古い縁側の床板で、波の形の木目が時を閉じ込めた琥珀《こはく》のようにゴツゴツ、浮き上がっています。

庵の外に立つ欅《けやき》の葉が、風にかさかさ擦れて鳴ります。

少し先にあるトンボ池の、むわっと生きもの臭い水の香りが時折鼻をつきます。

よりさんは入ったことのない庵の客間の縁側にいて、ヒキガエルは部屋の奥から、でろんでろんと、縁側に這ってきたのでした。

「それで、今日はどうなさった？　何があったの？」

ヒキガエルは親しげに、よりさんの手に自分の手を重ねました。体はどんなに太っても、ヒキガエルの指はフォークに先のように細くてひんやりします。

でも「うん」と頷いて、よりさんは、あっと息を飲みました。ヒキガエルの手に目を落とした時、気づいたのです。自分の手が細い子どもの手であるのを。

自分の姿は自分ではみえません。でも今のよりさんは、本当の年齢とは違って、おばあちゃんの縁側に座っていた時のような、心許ない細い手足の子ども——ヒキガエルが向けるその眼差しにふさわしい子どもの姿をしていました。

けれどヒキガエルは、そんなことも何でもないように、「あら、よりこさん何をお持ち？」と、重ねた手の下に、不思議そうに目をやりました。

「え？」

よりさんは、確かに何か握りしめています。手を開くとそれは……さっき、拾ったボタンでした。

「あらまあ、細い三日月夜に……ボタンとは、風流だこと。どこでみつけられた？　まさか、浜辺じゃああるまいし？」

「浜辺？」ふと、詩の一節が浮かびました。

月夜の晩に、ボタンが一つ
波打際に、落ちてゐた。
それを拾つて、役立てようと
僕は思つたわけでもないが……

確か、中原中也の『月夜の浜辺』の一節。子どものころ、おばあちゃんの部屋にあったのを、縁側で読みました。でもよりさんがボタンを拾ったのは、もちろん波打際なんかじゃなくて——。

「地面に……レモングラスの切り株の横に……あー……」落ちていたと言おうとして、よりさんは、あーと、思わず悲鳴のようなため息をもらしました。

「何があったの、よりこさん……何でも話してごらんなさいな」

「あ、うん……あのね……キアゲハのことなの」

ヒキガエルに促されて、よりさんが切りだすと、身の周りに影が差して急に一段暗くなりました。いつの間にか、庭の上の空を欅の葉が覆《おお》って、月の灯りを遮《さえぎ》ったのです。春に迷子になった時に見た庵のぐるりには、何本もの欅の大木がありました。その幹はごつごつ節くれだった、巨人の足のようで、ただならぬ精気に満ちていました。その巨人の木々が、二人の話を聞こうと体を傾けたので、ただでさえわずかな月の明かりも遮られたのです。

ヒキガエルも、「あら……」と一瞬、空を見上げましたが、すぐ大丈夫と肩をすくめて、よりさんに目を戻しました。

「うん」よりさんは頷いて、それから話し始めました。

「私、キアゲハの子をさらったの……五匹。だけど、四匹死んじゃって……。残りは一匹……たった一匹」

何日か前よりさんは、グリーンタウンの駐車場で、すーさまといーさまとすれ違いました。二人は長袖、首にタオルをかけて、麦わら帽子の完全防備で「婦人会の手伝いなのー。公民館の花壇の植え替えに行ってくるわー」と自転車に飛び乗って行くところでした。「ご苦労様です」と、頭を下げて、よりさんは家に向かって歩き出しました。ほんの数歩進むと、その足に、一枚のビニール袋が絡みつきます。風に飛ばされてきた袋……拾ってふと見ると、目の前はいーさまの庭で、いーさまにしては珍しくガーデニングの道具が出しっぱなしになっています。きっとあそこから飛んだのだろうと、よりさんは、バケツにビニール袋を戻そうとして……レモングラスにいるキアゲハの幼虫を見つけました。そして、

「へえ……あなたたち、レモングラスも食べるんだ……」と、思わずかがんで、地面に使用済みの割り箸《ばし》が落ちているのを見つけました。

いーさまの庭。割り箸とビニール袋。

脳裏に、夏の光景が蘇りました。いーさまがここで、人参《にんじん》の葉についたキアゲハの幼虫を、割り箸でつまんでいた光景です。採った幼虫たちは、娘さんのかなちゃんがよりさんの家に持ってきました。いーさまもかなちゃんも、よりさんが幼虫好きだと思い込んでいたのです。「庭においてって」と、よりさんは言い、かなちゃんは幼虫を家の庭のパセリに放ちました。

几帳面《きちょうめん》ないーさまが、出しっぱなしで出かけた理由は、帰ってきたらすぐ、この幼虫たちを駆除するからに違いありません。でもその先は――。

よりさんは顔をしかめました。いーさまのことだから、この時期、よりさんの庭のパセリがとっくに食べ尽くされてもうないのも知っているでしょう。だから幼虫を、夏にしたように持ってきたりはしないでしょう。でも誰かの庭に黙って幼虫を放すような真似もしません。きっと自力で解決します。つまりこの幼虫たちは殺される運命。風前の灯火です。それを放っておけるでしょうか？

よりさんは、幼虫を直《じか》に触れないし、不器用なので割り箸でつまむ加減も分かりません。そんな箸の先の感触……考えただけで虫唾《むしず》が走ります。それでもみすみす見ぬふりはできなくて、よりさんは人気のないのを確かめると「えーい、ままよ」と、乱暴に、いーさまのレモングラスをぶちぶちと千切《ちぎ》り、葉っぱごと五匹の幼虫をさっとビニール袋に放り込み、家に連れ帰ったのでした。


算段がありました。キアゲハの子なら飼ったことがあります。緑と黒の横縞にオレンジの点々――そのパンクな色合いの姿から、ロッカーの名をとって清志郎と呼んで飼いました。だから好物がパセリというのも知っています。そして、パセリの利点は庭に生えていなくてもスーパーで買えるということです！

連れ帰った子たちを飼育箱に入れると、早速よりさんはスーパーで無農薬――しかも水耕栽培――建物の中で、水だけで育てた高級なパセリを買ってきました。値段は普通のパセリの三倍もしたけれど、キアゲハのためです。そしてさすが高級品は違うのか、キアゲハたちは喜んで食べすくすく育ちました。

本当に違いました。今まで見たどの幼虫より、むくむく大きくなりました。冬籠《ご》もり前の熊のような食欲。節を目いっぱい伸ばして詰め込むので、節と節の間の下地が見えて色白にみえました。体が大きいので、まるでユーラシアの人。違う言葉を話すような気さえします。けれど、たくましく育った幼虫たちが蛹《さなぎ》になるときが来ると、事態が一変しました。今まで心配をかけたことのない優等生のような子たちが、最後の最後に糸かけにことごとく失敗したのです。

最初の子は、お尻を支える糸の座布団にうまくお尻が座らずに、蛹になる前に下に滑り落ちて死にました。

二番目の子はなぜか斜めに糸をかけました。垂直ではなく、右十五度ずれていて、蛹にはなったものの、だんだん『く』の字に折れ曲がって落ちて死にました。

三番目の子は糸が緩《ゆる》すぎました。幼虫の皮を脱いで蛹になる前に、からだはどんどん反《そ》ってフィギュアスケートのイナバウアーのようになって、上半身が黒ずんで——死にました。

四番目の子は糸がきつすぎました。下半身はうまく蛹になったのに、幼虫の頭の皮が脱げません。幼虫の頭をかぶったままの無残な姿で死にました。

残りは一匹……。

たった一匹……。

「レモングラスじゃなきゃ、だめなのかなあ……」

それでよりさんは、夜、いーさまの家の前に行きました。幼虫が生きることは、食べるということ。糸かけの失敗の理由が食べ物なら、一つかみ、レモングラスを少し手折《たお》っていただいてしまおうと思ったのです。けれど闇に紛れて花盗人ならぬ、草盗人の覚悟を決めて行ったのに、レモングラスは刈り込まれていました。

「あら」ヒキガエルは、パチリと瞬《まばた》きました。

「レモングラスだなんて？　今時はキアゲハも、随分ハイカラだこと」

「でも、なかったの。レモングラス……刈り上げられて……」

「ああ、冬支度……」さもありなんと、ヒキガエルは頷いて、ふとよりさんの手のボタンに目を落としました。

「よりこさんは、何でも拾わずにはいられない質《たち》だものねえ……昔っから、捨て猫だとか、怪我《けが》した雀だとか、連れて来たこともござんしたっけ。月夜のボタンを拾うように、キアゲハの子も拾ったのねえ」

「ちゃんと世話をしたよ。水耕栽培のパセリ。高かったけど、キアゲハもね、気に入ってもりもり食べてむくむく大きくなった。手のかからない良い子たちだったのに」

「そりゃあ、より子さんのことだから、大事に大事に育てたのでしょ？　風にも当てず、雨にも当てず、寒さも暑さもしのいでやって」

するとヒキガエルは、ぶぶっと、鼻で笑いました。

「そりゃあ、ちょっとやりすぎね。よりこさんはそういうところがある」

「へ？」

「やりすぎ。あのね、ただのいい子じゃ、冬は越せない……昔っから言いますよ。若いころの苦労は買ってでもしろ、可愛い子には旅をさせろってね。親の居ぬ間に子は育つ――よりこさんもそういう風に育ってきたでしょ？」

そう言ってヒキガエルは、ふと、空を見上げました。「だから、よりこさん。何でも一人でできると思いなさんな。ほーら、今夜のお月を御覧なさいな。今宵の月は、余白の白よ。あんな加減がいいものよ。ずっと照らされちゃあ、子は育たない」

ヒキガエルは、にやっと笑いました。

「いざってときは、親にできることなど針の先ほどもござんせんよ。その子はもう、手放しなさいな。それに苦労知らずで食べるとね、思ったよりも太りますよ。自分の分《ぶん》が分からなくなる。自分の分……身の丈ってものがね」

それは自分の体の大きさ――身の丈を測りかねて、糸かけに失敗したキアゲハの子たちにはまさに当てはまることでした。水耕栽培の高級なパセリは、無農薬なだけではなく雑菌の一つもありません。雑菌なり何なり、科学で証明するほど大したことでもない何かが、キアゲハが自分の分を知るには必要なのでしょう。

ヒキガエルはよりこさんの顔をチラっと見て、「まあ……そうかもしれないってことですけどね」と、独り言のように呟《つぶや》きました。

そして、急に身震いをして、大きなお腹をぶぶっ……ぶるんと揺らし、ん……ぐぐぐ……と、喉を洗うようにうめいて、それからゆっくりと、瞬きをしました。

一回……。

二回……三回……。

ヒキガエルが瞬く間に、さやさやと頭を覆っていた欅も首を戻し、庭の上の空があらわになりました。枝葉に遮られていた月灯りが差し、庵の庭に溜まっていた空気もすっと外に散ると、引っかき傷のような細い月の余白の白でさえ目に染みて、よりさんは思わず目をつむりました。そして、目を開けると……。

よりさんは、大人の姿に戻って、いーさまの家の前にたっていました。

よりさんは家に取って返し、キアゲハを連れ出しました。ケンザンのようにつんつんしたレモングラスの切り口に、キアゲハの乗ったパセリをさしました。

キアゲハは夜の風に驚いて、びりびり体を震わせます。急に広くなった外に身を持て余して、困ったようにパセリのひだに頭を隠し体を縮こめました。まるで裸の王様が、初めて自分が裸でいると気づいて慌てて隠れる——そんな仕草です。でもそれはほんの少しの間で、キアゲハはだんだんに、外になじんでいきました。目新しい外の空気を何度も何度も吸いました。

そして、アゲハはおもむろにパセリを食べ始めました。いつの間にかパセリは土埃《つちぼこり》をかぶって、粉をふいたようになり艶やかさを失っています。キアゲハもそのじゃりじゃりした一口目の口触りに、一瞬、あれ？と、たじろぎはしたけれど、やめはしません。汚れると噛み応えが増すのか、食べては短い手で口元をぬぐい、勢いをつけてかじり付いていきました。今までこの子はただただ良い子で、病気ではないけれど、元気でもなかったんだとわかります。

「凄い食いっぷりだね、ヤムヤム、ヤムヤム……」

大きな体は相変わらず外国のヒトのようで、がぶがぶでも、がつがつでもなく、yumyum《ヤムヤム》と、頭を振って飲みこんで行きます。

「ヤムヤム……よく食べるねえ」

その子を『ヤムヤム』と呼んで、よりさんは初めてこの子には今まで名前さえつけてもいなかったのだと気づきました。最後の最後、別れ際に、急に名前が湧いてくるなんておかしな話です。でも手から放して初めて、この子は自分の一部ではなくて、別の生きものだと実感がわきました。

自由になったヤムヤムは、あっという間にパセリを食べ尽くし、口元を何度も拭うと向きを変えました。こんな切り口の上に晒《さら》されたら、生き延びられないとしか思えなかった尖ったレモングラスの切り口の、みっちり詰まった葉の間に体をねじこんで、見事に姿を隠しました。

月の灯りが、ほろほろします。

よりさんは、拾ったボタンを、いーさまの玄関の段に置き、さっぱりとそこから離れました。

寒露

一所懸命

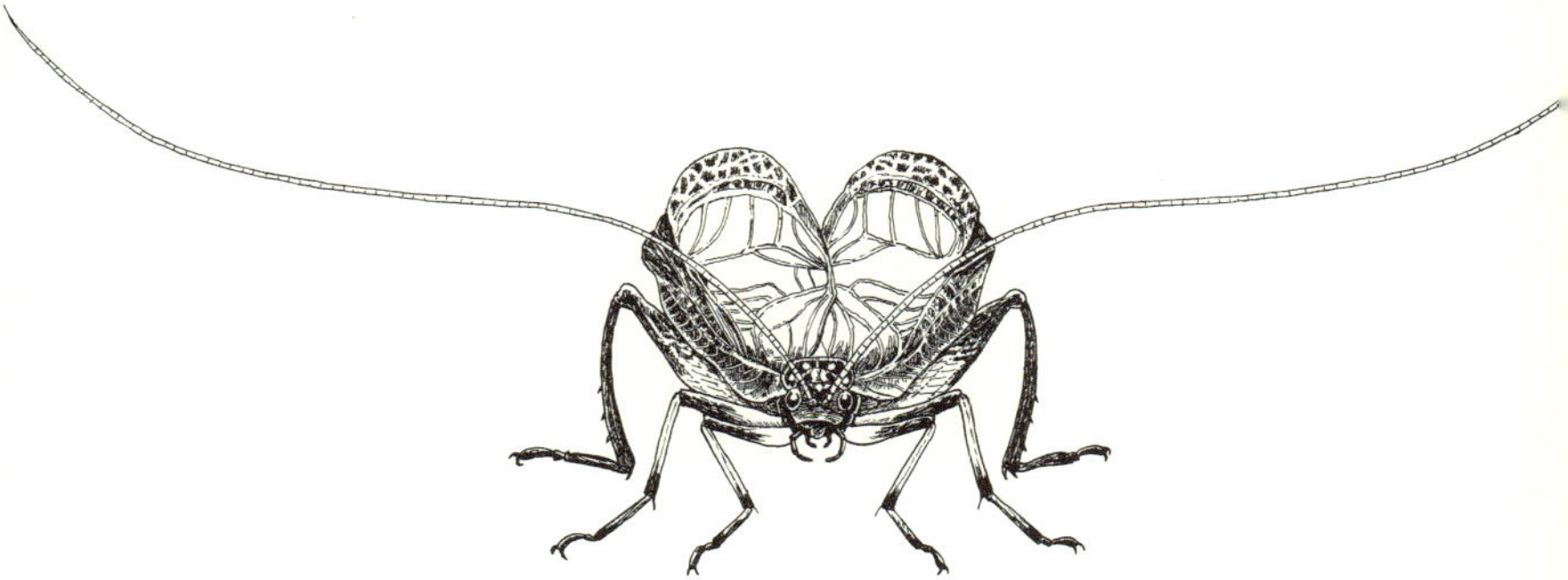

一番下の息子、みなもが保育園から鈴虫を一匹、飼育箱に入れてもらってきました。いえ、正確には預かってきました。夕食の間はさすがにどけたものの、食事が終われば台所のテーブルに飼育箱を戻して、夢中で見入っています。

よりさんは内心穏やかではありません。鈴虫——虫の中でも苦手な部類です。

それにトラウマもありました。小さいころ、他に虫を飼う趣味なんてないのに、おばあちゃんがなぜか鈴虫だけは飼っていました。ぬかみそのお漬物を入れる赤茶色い焼き物の壺に、一つ鈴虫用のがあって、普段は縁の下に入れてあるのを秋になると出して床の間に置きます。

「いいでしょう？　風流でしょう？」と、おばあちゃんは自慢気に目を細めます。

「風流？　だって虫だよ」

「鈴虫を飼うっていうのはね、音を飼うってことよ。これが風流じゃなくて、何ですか。物哀しくて、いと、あわれ、あわれ……」と、おばあちゃんはしっとりした顔で胸を押さえましたが、よりさんには分かりません。

「変なの」だって虫は虫。鈴虫の見た目は、ゴキブリやカマドウマと大差なく見えます。黒くてトゲトゲの脚。不潔でそのうえ、急に向かってくる恐ろしいもの。それに――。

「あんな壺に閉じ込めるなんて、残酷だよ。真っ暗だよ」

「あら、だからいいの。鈴虫は真っ暗が好き。真っ暗だと安心して鳴くのよ」

「変なの。どうしても風流したいなら、床の間じゃなくて縁側に置けば？　声は聞こえるよ」

「でもそれじゃ、困ったことになるのよねえ」

「困らないよ、そうしようよ」

よりさんは半ば強引に、鈴虫の壺を床の間から縁側に引っ越しさせました。でもそれこそが、嫌な思い出の引き金をひくことだったのです。

夜になると、鈴虫が、何匹か廊下を歩いていいます！　よりさんはきゃあきゃあ大騒ぎをしました。それに今まで気づかなかったけれど、鈴虫にはお尻に長い針があるのです！　ゴキブリやカマドウマのように、ササッと走り、ビヨンと跳ぶわけではありません。武器の針があるからでしょう。だから妙にのろのろ歩いて、たじろがないのがまた憎たらしい。

「大変、フタが開いてるよ！　針で刺すよ……危ないよ」と、よりさんは、おばあちゃんの部屋に駆け込んで、縁側の障子を開けました。そこには最悪の光景――壺にはうぞうぞ、たくさんの鈴虫がたかっていて、月灯りに蠢《うごめ》いています。

ぎゃあっ‼

でもおばあちゃんはまったく動じず、お茶をすすって、ほらねと、笑いました。

「ふふ……だからいったでしょ。困ったことになるって。フタは閉まってますよ。中の子じゃなくて、これは外から来たお嬢さんたち。庭に近づけたから入ってきたのよ」

「お嬢さんたち？」

「みんなお尻にトゲがあるでしょう？　あれはメスの印……卵を産む管なの。土に差し込んで卵を産むの」

「刺さないの？」

「刺さないわ。鈴虫で鳴くのは男衆《おとこし》だけなのよ。メスは鳴かない。鈴虫の男衆がお嫁さんを呼んで歌を競わすの。女衆《おんなし》がよろめいて来ると、オスは鳴き方を変えてね、鳴き声で縄張りを張る。歌で家を作る。風流じゃないの、音の家なんて。しかも上手く鳴くために、邪魔になるから飛ぶ羽は落としてしまうんだって」

「そうなの？　飛べないの？」

「そう。だから壺からは出ない。壺に張り付いてるのは、ふらふら、よろめいてきたお嬢さんたち。さすがうちの子たち、もてるわねえ」

おばあちゃんは、ご満悦でほっほっと笑いましたが、よりさんはそんな風流、分かりはしません。


けれどそんなことは露知らず、みなもは、鈴虫に夢中です。

ありがたいことに、今晩一夜限りです。何人かの子が、保育園から一匹ずつ持ち帰った鈴虫は、明日また持ち寄って、鳴き比べをさせると先生が言っていました。

「別々にしておいて、それから一つのところに戻すとね、縄張り争いっていうか、良く鳴くんですよ……明日のお昼寝は、その鳴き比べの声がＢＧＭ。お母さん、初めてでしょう？　鳴き比べ。そしたら皆一晩預かりたいっていうから……」

「へえ」

「みなも、じゃんけんで勝って、連れて帰る鈴虫、一番最初に選んだんですよ。でも最後までこの子は残るだろうなって思ってた小さい子を選んだの。どうして？って聞いたら、この子が一番お尻がかっこいいからって。言われてみたら、鳴く準備に確かに鈴虫って、お尻を上げるの。さすが目の付けどころが違うねえって言ったら、ね、かっこいいでしょって、みなもがまねするんですよ。顔、真っ赤に踏んばって、ぐーんって、お尻を上げるの」啓子《けいこ》先生はそのみなもの姿を思い出して、ふふふと、笑いました。

「へえ……お尻がかっこいい……」

ですからよりさんは、みなもが飼育箱をテーブルに置くのを我慢しました。鈴虫が頑張るのを、頑張って応援しているみなもを応援したのです。実際お兄ちゃん達が布団に入った後も、みなもは鈴虫から離れず、夢中でかぶりついていました。

鳴いてほしいのです。

椅子の上に膝をついて手をテーブルについて、飼育箱に鼻を押し付けて、みなもはお尻をじわじわあげていきます。みなもの方が鳴き出しそうです。

でも、鈴虫は鳴きません。

「暗くないと、鳴かないんじゃない?」と、よりさんが言うと、

「あ。そうか」と、みなもは、はっとしたように電気を見ます。乗りかかった船。

「しょうがないなあ。ちょっと待ってて」よりさんはガス台の上の常夜灯を残して、台所の電気を消しました。みなもはそのかすかな灯りを頼りに、かじり付きます。

でも、鈴虫は鳴きません。

「鳴かないね……今日はもう寝ちゃったんじゃない？」

「じき鳴くよ、大丈夫」

みなもに諦める気がないので、よりさんも隣の椅子に座りました。鈴虫を見たのは久しぶりですが、やはり黒々として到底かわいいとは思えません。でもみなもはそんな鈴虫に心を添わせて、顔を真っ赤にしています。満身力んで、自分までお尻をあげて——結構、待ったと思います。

ンリン……

鈴虫が鳴きました！

思わずよりさんも、身をのりだしました。鈴虫は、お尻をきゅっと一段高く上げ、ぱっとハート型の羽を帆のように立ちあげ……。

ンリン……

絞り出すように、鳴きました！

ンリン……

ンリン……リン……

鈴虫がお尻を上げ、足を踏ん張ると見ている方も力が入ります。

ンリン……ンリン……

ンリーン、リーン……

まだおぼつかない、少しハスキーな短い音です。

でも鳴いています。

その声と姿に、よりさんは一気に心を持って行かれました。苦手だった鈴虫にこんなに感動するとは思いませんでした。

真っ黒だと思っていた羽は、金魚すくいのポイのようにピンと張った、薄墨がかった鈍色《にびいろ》で、レースのような透かし模様が浮かんでいます。それは計り知れないリズムとパターンで描かれた、マヤ族とかの呪術《じゅじゅつ》的な紋様……あるいは縄文土器や埴輪《はにわ》の紋様のよう。その意外に固そうな羽を鈴虫は目にも止まらぬ速さで震わせます。摩擦で煙が上がるのではないかという勢いで羽を擦り合わせます。

もう命がけというふうに鳴いています。

鳴きたい、鳴きたい、鳴きたい……陰りもてらいもなく訴えるように鳴きます。

ンリーンリーン、リーン……

リーンリーン、リーン……

よりさんとみなもは、夢中で聞き入りました。


でも、だんなさんが帰ってきた途端、突然それは断ち切られました。

「あー、腹減ったー……真っ暗にして何やってんだ？」と、だんなさんは何も考えずに、ぱちりと電気をつけたのです。

「鈴虫だよ。聞いてたのに」みなもが、悲鳴のような声をあげました。

あ、しまったと気づいてだんなさんが「そっか、だから暗くしてたのか……」と言ったときには既に遅し。鈴虫はぴたりと鳴くのをやめました。気を削がれたというのか、うろうろして、つまようじに刺して入れてあったキュウリの切れはしの下に潜り込んでしまいました。

「仕方ないよ。鈴虫も疲れたんじゃない？　もう遅いし……みなも、明日にしよう」と、よりさんはみなもを慰めましたが、みなもは完全にすねています。

「明日、返すんだよ。朝は明るいし。もう、鳴くところ、見られないかも」

「まずったな」と、だんなさんは少し、おろおろして――それから、ハッと何かを思いつきました。「そうだ、暗くすればいいんだ」

だんなさんは台所の引き出しをガタガタ開けて、なかから黒いビニール袋をとりだしました。空気穴をぽつぽつ開け、飼育箱にかける真似をしました。

「これ、かけといたら、きっと朝でも鳴くよ」

そして、もう一枚ビニール袋を出して「見てみ」と、鋏《はさみ》をチョキチョキ入れて
――あっという間にマントを作りました。

「鈴虫マント。つけてみな」

「わあ、本当だ」と、みなもは大喜び。だんなさんは、それで終わりにせず、今度は文房具の入った引き出しを探り出しました。

「お、あった！　これ、これ！」

出したのは3Dメガネ。3D映画を見るときに映画館でかける、黒いメガネで

す。「かけてみろよ。これで完璧」

みなもはもう、大喜びで眼鏡も付けます。

「いいじゃん。虫っぽい、虫っぽい」と、だんなさんがおだてると機嫌も直り、なぜか、シュワッチとポーズをとります。ご機嫌でいるうちにと、よりさんは、だんなさんの食事を出しました。

「寝る前に、これ、ちゃんとかけておくから」と、ビニールを指しただんなさんの言葉を信じて、よりさんはみなもと二人、二階の寝室に上がりました。


けれど、真夜中のことです。だんなさんも、もちろん子どもたちも眠った後、よりさんはふと何か妙な胸騒ぎがして目を覚ましました。

鈴虫は鳴いていません。何だか妙な静けさ……。

あまりにも静かで、緊張した感じ……。変です。

よりさんは下に降りてみました。すると……予感的中！

とんでもないことが起こっていました！

台所の入り口で、よりさんは固まりました。

むき出しの飼育箱の上に、ショウショウが覆《おお》いかぶさっていたのです！

ビニールの覆いは畳んだままになっています。飼育箱の上で、ショウショウは口元の牙だか何だかをもごもご動かしています。うっかりしていました。忘れていました。家にショウショウがいることを。コブの主食がゴキブリなら、鈴虫だって食べるでしょう。

ジレンマ……ジレンマです！

鈴虫を守るには、ショウショウを追い払って飼育箱からどかせなければ。

けれどショウショウは家守《いえもり》だし、だいたい怖い。

それでもやはりどうしても、鈴虫を守らなければ‼

よりさんは覚悟を決めて部屋に飛び込もうとしました。そのときです。

よりさんの手を小さな手がぎゅっとつかみました。

みなもでした。寝る前に枕元に畳んで置いたはずの鈴虫マントに眼鏡を付けて、鈴虫の身支度を整えて、よりさんの隣に立っています。

「自分でできる」みなもは、きっぱりと言いました。

「えっ？」

「自分でできる」

「みなも……」

「違う、ヨーリーン。ぼくはオトだよ」

首を振って、よりさんを見上げると、額からみなもにはあるはずのない白くて長い触角が揺れていました。

「オト？」

オトはよりさんを押しのけ、台所に一人、足を踏みだしました。

台所にオトが入った途端、ぱあっと、オトのマントがたなびきました。いつの間にかしゅんしゅんと、覚えのあるカギョクの風が飛びまわっています。

「オト‼」

よりさんも急いで台所に入りました。みなも――いえ、オトはとんと椅子を引くと迷わず座りました。テーブルの飼育箱を挟んでショウショウと一対一のにらみ合いです。

鈴虫の取り合い？　試合のような緊張感に、よりさんは急いでオトの肩に手を置きました。オトの全身にぐっと力が入っているのが伝わります。でもオトは怖がってはいません。オトはショウショウを前にしても一歩も譲りません。

『凄《すご》いな、オト……』

そう思ったのは、よりさんだけではありません。オトの懸命さが鈴虫の背中を押しました。


ンリーン………、ン、ン、リーン……

鈴虫が鳴き出しました。最初は、小さく、おずおずと……。

リーン……リーン……

でもそれはすぐ、大きな音になりました。

リーンリーン……リーン……

「頑張れ」オトは顔を真っ赤に、拳《こぶし》を握ります。

リーンリーン、リーン……

リーンリーン……リーン……

リーンリーン、リーン……

リーンリーン……リーン……

リーンリーン、リーン……

台所が、鈴虫の鳴き声に満たされていきます。ショウショウの二列の目が、鈴虫の声に合わせ、ブランコのように左右に揺れだしました。こんな懸命さには誰も勝てません。ショウショウは、戦う意欲をすっかり削がれて、じりっと後ずさりしました。ほんの数センチだけれど、均衡が崩れて、試合のような緊張が解《ほど》けます。

そしてその一瞬、しゅうん——それまで遠巻きに飛んでいたカギョクが、いきなりオトの片耳に飛び込み、そして逆の耳から飛び出ました。

「うん、分かった——約束する」

と、オトが顔を緩め、よりさんの手の下の肩から、力が抜けました。

右から左の耳を吹き抜ける間に、何を決めたのか——カギョクは、よりさんの耳元を掠《かす》め、「明日の晩……ヨー……リーンも……」と囁《ささや》きましたが、よく分かりません。

「えっ、何?」と、もう一度言ってもらおうと思った時には、カギョクはショウショウの背中に戻り、その一瞬の間によりさんの手からオトの肩の感触が消え、気を取られる隙に、ショウショウとカギョクの姿も消えていました。

台所に残されたのは、よりさんと鈴虫だけ。

鈴虫も、ほっとしたのか、キュウリで喉を潤しています。「頑張ったね……ほんと頑張った」と、よりさんは鈴虫をねぎらって、ビニール袋をかけ、飼育箱を寝室にもって上がり、枕元に置きました。ショウショウの気が変わったらいけませんから。

次の日の朝、みんなは鈴虫の声で目を覚ましました。黒いビニール袋が功を奏したのです。それを台所に運んで朝食を食べ、鈴虫マントに３Ｄ眼鏡の格好で、みなもは飼育箱を抱えて登園しました。

帰りの迎えに行くと、みなものクラスの子たちはみんなビニールのマントを着て、３Ｄ眼鏡の代わりに先生に色画用紙とセロハンで作ってもらった眼鏡をかけて、鈴虫になりきってうじゃうじゃしていました。

「お父さんが考えたんですってー？　もう大流行《はや》り」啓子先生はくすくす笑いました。そして「でも、眼鏡は変えたの。３Ｄ用だから物が二重に見えるんだと思うんです。くらくらして眠くなるって、鈴虫が鳴き出す前に寝ちゃったの。だから預かって……はい、これ」と眼鏡をよりさんに返しました。

「鳴き比べ、どうでした？」よりさんは聞きました。

「素敵でしたよ。保母も寝かしつけながら、みんな寝ちゃいましたよ。園長先生が言うにはね、レとレの♯《シャープ》の間でｆ《エフ》分の一の揺らぎっていうのを出してるらしいの。一番、人を癒す音ですって」

「へえ……でももう返したんでしょう？」

「うん、午後にね、川原の茂みに皆で行って、放してきました」

けれど鈴虫の話はこれで終わりではありませんでした。

真夜中。よりさんは鈴虫の鳴き声で目を覚ましました。

リーンリーン……

リーンリーン……

『何だ、鈴虫』と、一旦は布団に潜り直してから、よりさんははっと飛び起きました。家の中に鈴虫……いるはずないのです。よりさんは音を辿《たど》って、台所に下りました。

すると、台所の椅子に、黒いビニールの鈴虫マントの背中……。

「みなも？」でも振り返った額には、触角がありました。

「あ、オト……」

「ヨーリーン」オトは、当たり前のように立ち上がり、微笑《ほほえ》みながら、よりさんにすっと片手を差し出しました。「おむかえにきたよ」

よりさんはオトの手を握りました。すると次の瞬間……。

よりさんはオトと手を繋《つな》いで、さくさく、見慣れた川原を歩いていました。ひんやりとしたハッカ臭の風が心地よく吹いています。空には満点の星。そして三日月。川面に月の灯りが映って、百万もの小さな三日月になって流れていきます。

オトが歩くのは、道ではなくて道脇の草の中。さわさわ、川原の葦《あし》がよりさんの体に触ります。葦の葉は年老いた人の皮膚のようで、乾いてまるで薄い紙です。甘噛みするように肌を切るので、かゆくてたまりません。いつの間にか、からだがチクチクしだして、見ると体のあちこちに、ひっつき虫までついています。虫といってもこれは草の種……植物ですが、返しのついたトゲで服に食い込んできます。

けれどそんなことは一向に構わず、オトはずんずん、ずんずん進みます。

繋いだ手の感触も汗の匂いも歩き方も、本当にみなもそっくり。額の角がせわしなく動いていなければオトであることを忘れそうです。

「どこに行くの？」

「どこって？　約束したとこ」オトはきょとんと、何で当たり前のことを聞くのだろうと、よりさんを見上げます。そして、「ちゃんとついてきてるかな？」と、後ろを振り返りました。

「誰が……？」

「カゼとクモ」

「風と雲？」

確かにひたひた、後ろから来る者の気配があります。よりさんがそれを確かめようとすると、オトが少し大きめの丸い葉の茂みをかきわけて、グイッと手を引いたので、できませんでした。

茂みをくぐると、辺りが一変しました。まるでジャングルに来たように、何もかもが大きいのです。ツンツン、ぱりぱりしていた葦がよりさんの背丈よりも高くなり、大きな石がごろごろしています。とげとげした大きな実――さっきよりさんの服についたひっつき虫そっくりだけれど、一抱えもある大きさのものも落ちています。どういうこと？　と少し不安になりながら進むと、オトが足を止めました。

「ついたよ」

そこは今までの不安も吹き飛ばす、気持ちよくぽっかり開けた空き地でした。丸いお盆のような池が目の前にあって、夜空の月や星を、そのままに映していています。

「ここに座って」オトは足元の石を指さして、すっとよりさんの手を離しました。『こんな所、あったっけ？』と戸惑うよりさんを残して、オトは池の向こうに駆けだしました。

「あっ……」待ってと言おうとしたけれど、間に合いません。仕方なくよりさんは言われた石に腰を下ろしました。良く選ばれた座り心地のいい石です。お尻がすっぽりはまります。でもそこに座っていると、鼻の奥までつーんと冷たくなってきて、『思ったより寒いな』とよりさんは腕をさすりながら待ちました。すると、リーリー……、リーリー……

リーリー……、リーリー……

鈴虫の鳴き声が上がり始めました。

リーリー……、リーリー……

リーリー……、リーリー……

たくさんの声。しかも、夕べ聞いた台所の鈴虫の声よりも落ち着いた声です。

それが波紋のようにじわじわ広がって、池の周り、ぽっかり空いた空間に立ち込めていきます。雨冠《あめかんむり》に林と書いて、秋の霖《ながあめ》と読みますが、これは虫冠に林と書いたよう。天から降る雨ではなくて、茂みから降り上がる音の雨です。辺りが本当に薄靄《うすもや》がかかったように湿気に煙り出しました。

リーリー……、リーリー……

リーリー……、リーリー……

音と朧《おぼろ》な湿気が、池の辺りを他から隔てます。

リーリー……、リーリー……

リーリー……、リーリー……
けれど、まんなかの池と池のあちら側だけははっきりと、まるでスポットライトのあたった舞台のように浮き立って見えます。目が慣れると、池向こうの大木の草の下に何人か男の人達が座っているのが見えます。楽団員のように、揃いの燕尾服《えんびふく》を着ていますが、楽器は持っていず、代わりに両手を高く掲げています。そしてその広がった服の中から、立ち上るのがこの音。細音《さいおん》が嘶《ころろ》きながら、音のドームをつくっています。

リーリー……、リーリー……

やがて、池向こうの舞台のような所にオトが立ちました。なぜかさっきまでより少し大人びて、少年らしくみえます。
オトはよりさんに向かって、深々とおじぎをしました。声は聞こえないけれど『これから音楽会を始めます』と言うようなきちんとした挨拶のお辞儀です。そして顔を上げるとオトは、舞台に立つソロダンサーのように黒いマントの端を手でつかみ、帆のように立ちあげました。
ン、リーン……リーン……
オトから、周りに立ちこめる音とは違う、涼やかに通る音があがりました。
ン、リーン……ンリーン……
最初はしずしず――それがだんだん大きくなって、リーリーという伴奏にメロディを乗せていきます。

リーリー……、リーリー……

リーンリーン……

やがて大草の茂みの中から、オトと同じように、黒いマントに黒メガネの子ども達が何人も飛び出してきました。どの子もみなもの友達たちにそっくりだけれど、違います。誰の額にも白い触角が月に照り返しています。

リーンリーン……、
リーン、リーン、リーン……

オトと同じように黒いマントの端を帆のように立ちあげた中からあがる音は、

大きくくれればリーンというただ一つの音だけれど、
　生まれたのが嬉しーい
　歌えることが嬉しーい
　素敵だなあ、楽しいなあ、いい気持ちだなあ……。
　と、弾けるばかりの喜びが伝わってくるような音です。聞いていると、じわっと鳥肌がたちます。愛というより初恋のような切ない気持ちになってきます。
リーンリーン……　リーン、リーン、リーン……
リーン！　リリ、リーン！
やがて、子ども達はもうじっとしてはいられなくなったとばかり、駆けまわり出しました。
　生まれたのが嬉しーい
　歌えることが嬉しーい
　子どもたちが時にぶつかり、時に歩をゆるめると、その度にメロディが変わり、そしてその度によりさんの周りからも、女の子のくすくす笑いや黄色い歓声が上がります。こちら側……客席のあたりはおぼろに煙ってよく見えないけれど、観客はよりさん一人ではありません。でも、姿を見ようと目をこらしたとき、よりさんの肩を後ろから、誰かがぽんぽんと叩きました。

ジライヤ大のカギョクが立っていました。

「いい取引だったろ」と、カギョクが珍しくしみじみ言いました。「こんな一所懸命にゃあ、誰も手をだせない」

『あ、カゼとクモって、カギョクとショウショウのことだったんだ』すとんと腑におちて、思わず頬が緩んだ途端、カギョクの風の手がよりさんをさらいました。よりさんはあっという間に、後ろに控えていたショウショウの背に乗っていました。ショウショウが夜空に舞い上がると、下の方から女の子たちのため息や笑いのさんざめきが、聞こえました。そして……。

次の瞬間には、よりさんは、オトが座っていた台所の椅子に座っていました。

「はああ……」

台所には虫の声はしませんが、目をつむると頭の中を、オトたちの音が満たします。思わずうっとりため息が出るような余韻……。

二階に上がって確かめるとみなもは眠っていました。触角のない額をなでると、バシッと払いのけます。懸命に眠っています。

今が大事——何をするのも全身全霊、一所懸命。

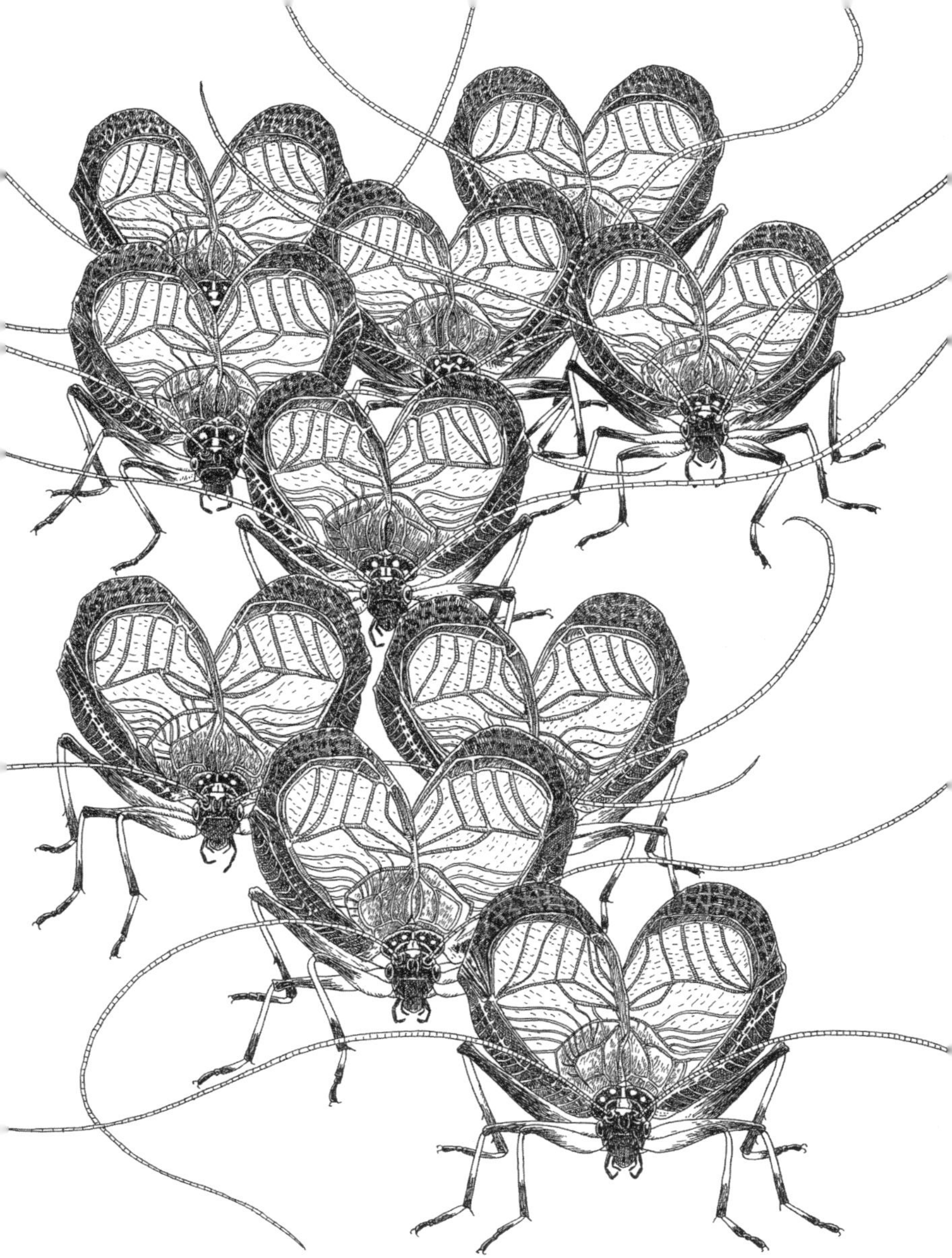

霜降

三つ子の魂

一般的に『おばあちゃん』と言うのは、幾つくらいの人でしょう？

昔話で『おばあさん』というと頭に浮かぶのは年老いて白髪《しらが》の姿だけど、現実の保育園児の祖父母なら、五十代が主流。よりさんがイメージする『おばあさん』は、園児から見たら『ひいおばあちゃん』。一世代分の隔たりがあります。


今日は、父兄ならぬ祖父母参観日。よりさんのお母さんは来られなかったので、よりさんは、代理参観で保育園のホールにいました。祖父母参観の通知は、一カ月前にありました。よりさんも都会にいるお母さんに声をかけてはみましたが、お母さんははなもひっかけませんでした。現役バリバリで仕事をし、当然地位も責任もあり、孫のために――いえ、わざわざおばあちゃん扱いされるために休みをとるなんて「無理だわ」。

それで代理参観することになり、よりさんはホールにいるのだけれど、そこは祖母たちの香水やおしろいの匂いが充満していました。よりさん世代には手が出ない、高級なブランドの濃厚な香りが幾種類も混じっています。『動きやすい服装で』と書いてあるので軽装ですが、みな、きっちりお化粧をして普段着ではありません。ひょっとしたらこのために前日美容院に行って来たのか、綺麗なカールの人も何人かいます。派手ではないけれど祖母たちの服には、必ずどこかにキラキラした要素が入っています。今日は母親の代理ではなく、主役だからです。

祖父も気合いが入っています。頭にタオルを巻いてやる気満々の人もいれば、ループタイやアスコットタイでおしゃれした人もいて、そういう人のなでつけられた髪からは、ポマードのねっとりした甘い香りが放たれています。

それに祖父母といると、子どもたちの様子もいつもと違います。ほんの少しいつもよりきれいな格好をしています。それどころか、女の子の中には、保育園では着ない約束のはずのふりふりのスカートをはいている子までいます。

祖父母は、体育座りする子どもたちの後ろに立っているのですが、みな自分の孫だけを見て、ここよと何度も手を振ったり、必要もないのに孫の髪の乱れを直しに近寄ったりします。それぞれが、その家の『王子様』と『お姫様』――その空気がそのまま保育園に持ち込まれて、ますます息が詰まります。

やっと、先生たちが入ってきました。


「皆さん、ようこそお越しくださいました」と園長先生が丁寧に切りだしました。

「今日は、保育園の『昔祭り』を楽しんでいただきたいと思います」

以前はミニ運動会などをやっていたけれど、思いもかけない怪我《けが》をしたりする方もいたので……と、園長先生がニヤッとすると、祖父母の間から笑いが起きます。

「それで今日は、皆が楽しめるように、地域の老人会の人たちと保母さんたちが用意した、紙風船屋さん、ヨーヨー屋さんなどが各教室に出店しています。案内図はお手元にありますか？　ない方はホールの入り口に置いてあるのでお取りください。お財布に券が入っていて、それで買い物ができます。みんな持ってるね」

と園長先生が言うと、子どもたちが「はーい」と色紙で作ったお財布を掲げました。

祖父母参観のイベントは、出店《てみせ》仕立ての『昔祭り』。

園長先生に続いて老人会の会長さんの挨拶が始まります。

会長のおじいさんは、ひいおじいちゃんくらいの年齢です。

「園長しぇんしぇい、ありがとうございます」

会長さんの言葉は方言が強くて、よりさんには半分も聞き取れません。何となくわかるのは、自分たちが子どものころはゲームもテレビもないから身近にあるもので遊んでいた――という話。こま回し、おはじき、ままごと、あやとり、ゴム跳び――皆身近なものを使って工夫していた――と、会長さんがちらっと横を見ると、二人のお婆さんがにっこり笑って簡単にお手玉を披露してくれました。

そして、最初は型通りの昔自慢のような話が、途中から脱線していきます。

「工作するんでも、糊《のり》なんか買わんでさ、米粒潰《つぶ》して糊にしよったと」

「米？　どうやって？」

「米って、たいた米さ。まんまで作るげな」

「へえ……」

子どもたちが驚く声に、会長さんは乗ってきてだんだん過激になっていきます。

「モチノキって木見つけてな、木の皮で、鳥もちも作るったい。便利なもんよ。地面に敷いて、周りに粟とか撒《ま》くっさい。餌食いにきたスズメとか、べたべたくっついて取れるったい。だから鳥もちっち言うげな」

「やってみたーい」

「鳥もちば、棒の先につけてさ、蟬とか虫何ち、簡単に取れると」

「やってみたーい」

「かわいそうよー」

「女の子だってやりよったよ。ミノムシの蓑《みの》取ってきて、中から顔出した虫ば抜いて裸にしてさ、折り紙とか千切《ちぎ》った中に入れるったい。したらきれいな蓑ば作りよる。できたらまた虫出して、きれいな蓑で首飾りとかにするげな」

「気持ち悪い……」

「藁《わら》しべとか、カエルの尻に突っ込んでっさい、息ばプーッち入れて腹ば膨らせて、風船ガエルにして水に流しよんさ。やり過ぎると腹が破けるけん、気をつけんといかん」

「やだー」

「女の子もさ、トンボの尻に花ば刺して花トンボちゅうて飛ばしよったよ」

さすがにそこで、園長先生が前に出てきて、それでも少しにやりとしながら「良い子は真似しないでね」と肩をすくめます。そして今日は、風船ガエルや花トンボはなしだけれど、いろんなものを持って来てくれていますから、みんなで買い物をしてねと、始まりの会を切りあげました。ホールのドアが開け放たれて、よりさんを悩ませたむわっとした匂いも流れ出し、よりさんたちも出店を回りました。

お手玉、新聞紙の兜《かぶと》、さまざまな折り紙。蝉笛《せみぶえ》、水風船、紙風船、あやとり、シャボン玉液。全て手作りのいろんなものが色紙の券で買えます。数も随分たくさんあるけれど、祖父母はその中でも間違いなく造りのいいものをわが孫にと、時間をかけて念入りに選びます。よりさんは「もらっておいで」と二人に選ばせるだけなので、あっという間に出店を回り終わってしまいました。

まだまだ時間は余っているのに、だいぶ人あたりしたので、よりさんたちは、静かな乳児室に行きました。

何組かの祖母と孫が、テーブルで折り紙やリリアンをしています。よりさんたちは畳の方に行きました。お手玉が置いてあります。手に取りましたが、できるわけではありません。すると、ふと目の前に二人のおばあさんが現れました。

「こだっちゃん」

「みなもちゃん」

二人は、こだちとみなもににっこり笑いかけ、それからよりさんに軽く会釈しました。さっき会長さんの隣でお手玉の妙技を披露した二人です。一人は青系のセーター、一人は茶系のセーターで二人とも真珠の首飾りをしていました。

「あ、ぐりぐりばあちゃん……」子ども達は既に顔見知りらしく、ぱっと相好を崩しました。「お手玉、上手だったねえ」

「ぐりぐりばあちゃん?」思わずよりさんが聞き返すと、青い服のおばあさんが、

「すなぐりです。こっちがしかぐり」と名乗りました。『……ぐり』というのは、かわいい子という意味で、子どもの名前の最後につける『……子』とか、幼名につける『……丸』とか『……千代』ほどのものだと、すなぐりさんが言います。

「昔はぎょうさんおってね、まとめてぐり子っち呼ばれとったけど」今はおばあちゃんになり、『ぐりぐりばあちゃん』になったのだと。しかも……。

「ぐりぐりばあちゃん、そっくりでしょ。双子なんだよ」と、みなもが鬼の首を取ったように言いました。そう言われてみると、確かに二人はよく似ています。

「すごいでしょう？　本物だよ」と、こだちも言います。保育園にも双子は二組くらいいるけれど、小さな子どもにとって、おばあさんなのに双子というのは相当不思議なことのようです。すると、すなぐりさんは、肩をすくめて、

「ブッブー。残念でした、ぐりぐりばあちゃんは双子じゃなかよ」と言います。

『二人はそっくり、でも双子じゃない。なーんだ？』答えはね三つ子……。三つ子の二人」と、くすっと笑いました。

「じゃあ、もう一人は？」と、みなもが聞くと、

「それがねえ……都会の大きな呉服屋さんに嫁に行って帰って来んのよ。毎日とっかえひっかえいい着物ば着よって、忙しゅうて、帰るひまもないげな」と残念そうによりさんを向きました。

「あなたも都会から越してこられたんでしょう？」

「お手玉遊びなんて、したことなかとでしょ？　教えましょうね」

二人は、よりさんたちの隣に座ってお手玉を始めたのでした。

おひとつ、おてのせ、おさらい
おふたつ、おふたつ、おさらい
おみっつ、おみっつ、おさらい

不思議な歌を歌いながら、お手玉を投げたり、手の甲に乗せたり、下に落としたり——みごとな手さばきに、目を奪われます。それはカードマジックの手品のようで魔法にかかっていく気がします。

やがて二人は、急にやり方を変えました。向かい合って正座すると、いくつものお手玉を高く投げ……それからジャグリングの手さばきで、お手玉を二人の間でめくるめく行き来させます。歌も変わりました。

三つ子の魂、百までも、共にありなん、ありありな
松の浜辺の砂ならば、一生食べるに事欠かぬ
松の林の、鹿ならば、一生食べるに事欠かぬ
金襴緞子《きんらんどんす》の蓑ならば、一生おべべに事欠かぬ
たちわかれ、いなばの山の、峯におふる、
まつとしきかば、いまかえりこむ、共にありなん、ありありな

「ぐりぐりばあちゃん、すげー」と、こだちとみなもはますます見事な手さばきに目を輝かせ、よりさんも「面白い歌……三つ子の魂……」と目を丸くしました。
すると二人は顔を見合わせて「こんなばばでもこうして遊ぶときは、三つの子ど

もの心のままよ」と、照れ臭そうに笑いました。でも三つ子の片割れのおばあちゃんたちが唄うと、三つ子の特別な結びつきの歌のようにも聞こえました。

よりさんがそんなことを思う間に、こだちとみなもは、ぐりぐりばあちゃんたちが扱った時は生き物のようだったお手玉が、今はへたっとしているのを、不思議そうに手に取ります。

「教えてやるけん、やってみんね」

すなぐりさんとしかぐりさんは、二人を手招きして、二人はぐりぐりばあちゃんの膝に乗って、ポンポーンとお手玉を放ります。歌はかなり省略して、

三つ子の魂、ありありなん
おべべと、おばばと、ありありなん
まつと、かえると、ありありなん

「あら、ばばの歌より、短くてよかねえ」

「ばばたちも、これからそうやって、ちゃっちゃと歌おう」

お手玉の扱いも上手とおだてられて、二人は楽しそうに続けていきます。けれど……楽しいと、調子に乗るのがこの年の子の常。二人のお手玉は、なぜか空中で衝突し、軌道を変え……それを取ろうと二人が身をよじった途端……。


ぱあっ……

水しぶきが上がるように、雫《しずく》がキラキラ光り、ころころと落ちました。こだちの手が、すなぐりさんの真珠の首飾りに引っかかり、糸が切れて、幾粒かの真珠が転がったのです。

「わあ、大変!!」よりさんは顔色《がんしょく》を失って、真珠の粒を拾いました。

「ごめんなさい、ほんとごめんなさい」

「ごめんね、ごめんね」子どもたちも大慌てですが、ぐりぐりばあちゃんたちは、

「大丈夫、大丈夫。ものっていうのはいつか壊れるもんですもん」

「でも小さいお子が、口に入れたら危ないけん、残っとらんかよく見て」と拾い

ながら、二人でちらっと目配せし合い――すなぐりさんがよりさんの耳元で、そっと囁《ささや》きました。

「いいのよ、どうせ本物じゃないけん」

「えっ？」

「本物って、思ってくださったんなら、ありがたい……」

「いい歳になったら、本物を身につけんといかんっち、仰《おっしゃ》る人もおるけど……」

「ぐりさんがつけてるなら、本物に違いないって、思われたらば良かでしょう？」と、二人は悪戯《いたずら》っぽい少女のような顔で、くすくす笑います。

「見てくれに気ば取られて、中がスカスカじゃあ、みっともなかけんね」

「あ……」よりさんはその言葉に思わず声をあげました。よりさんのおばあちゃんもよくそんなこと、言っていました。お風呂に入る度によりさんを洗いながら『あの子偉そに、紺足袋《たび》履いて、耳の横ちょに垢《あか》ためて』と歌って『よりこ、目につく所ばかり気にするのは、一番みっともないことよ。ボロは着てても心は錦』と。

「どうか、なさった？」と、声をあげたよりさんを、しかぐりさんが覗きこみました。

「あ、いえ……私の祖母もそんなこと言ってたなって思って……」

「へえ……そうなん？」

「ええ……で、そういうの、かっこいいなって思って」

するとニ人は照れ臭そうに顔を見合わせて、それからすっと遠い目をして、

「あの子も、着るもんなんち、どうでもよかけん、戻ってきたらいいのにねえ」

と、ちょっと寂しそうに呟《つぶや》いたのでした。『あの子……』三つ子のもう一人のぐりさんのことかな……と、よりさんは何となく息を飲みました。


やがて昔祭りは終わり、よりさんは他の祖父母と一緒に保育園を後にしました。

そして、その日の夜のことでした。今晩、だんなさんは出張で帰ってきません。子どもたちも眠り、よりさんは一人、後片付けの後、台所の椅子に座りました。

するとどうでしょう？

テーブルの上に、見慣れない小さな箱が一つ。

千代紙で折ったきれいな箱です。

「こんなの、買ったっけ？」と思いながら開けてみると、中には金襴緞子、たくさんの千代紙の欠片《かけら》を集めてつづった蓑虫の蓑が一つ入っていました。

「わ、虫？」と一瞬びくっとしましたが、蓑はうっすらニスのようなものが塗ってあって加工済み。左右に穴が二つ開いています。『首飾りとかにするげな』という会長さんの言葉を思い出しました。きっと紐を通した跡です。それにそもそも小箱もだいぶ古びていて、折り目の角も金色の模様の入った紙も毛羽だってしわしわの手触り……。生きた蓑虫が入っていることはなさそうです。

「売り物じゃあないよね……」

なら、どうしてここに？　わかりません。どうせ眠れそうにもなかったので、よりさんは謎の千代紙の箱を傍らに置いて、図鑑で蓑虫を調べることにしました。

蓑虫――オオミノガの幼虫です。

蓑を紡いで中で暮らします。幼虫を出して、千代紙や折り紙、端切れやスパンコールと箱に入れれば、それできらびやかな蓑を作るので、昔は子どもたちのよい遊び相手でもあったけれど、今ではその数をかなり減らし、絶滅が心配されていますと書いてあります。

そして、実に驚いたことに、オオミノガになるのはオスだけでした。メスの蓑虫は、大人になっても羽はなく幼虫の姿のままです。雌雄で姿や大きさに違いがあるのは虫に限った事ではありませんが、こんなことがあるなんて、まったく思いもよりませんでした。ミノムシのメスは一生蓑から出ず、蓑の中にオスが腹部を突っ込んで交尾して、何千もの卵を蓑の中で産みます。そして子どもが孵化《ふか》するころに、下の穴から、ぽとりと落ちて死んでしまう……そう書いてあります。

太った幼虫型のメスの成虫の写真もありました。

「かわいそうなメス……いい物着たって、出られないいんじゃあ……」

ふと、ぐりぐりばあちゃんの囃子歌《はやしうた》がよみがえりました。

三つ子の魂、百までも、共にありなん、ありありな
松の浜辺の砂ならば、一生食べるに事欠かぬ
松の林の、鹿ならば、一生食べるに事欠かぬ
金襴緞子の蓑ならば、一生おべべに事欠かぬ
たちわかれ、いなばの山の、峯におふる、
まつとしきかば、いまかえりこむ、共にありなん、ありありな

浜辺のすなぐりさん。

林のしかぐりさん。

なら三人目はきっと、金襴緞子の「みのぐりさんだ」と、よりさんは千代紙の箱の蓑を手に取って、目の前にかざしました。

胸がどきんと打ちました。さっきまでは虫の殻にしか見えなかったのに、ひどく美しく見えました。よく見ると重ねた色や形の蓑の柄が粋でハイカラで魅力的です。よりさんはいてもたってもいられなくなって、引き出しから煮豚用のタコ

糸を出して蓑に通しました。なぜだかどうしてもどうしても——首にかけずにはいられません。そして首にかけた時でした。


かたっ……

サッシの向こう、ベランダで風もないのに音がして、よりさんはびくっと跳び上がりました。でも、今日はだんなさんがいないので、家に大人はよりさん一人。怯《ひる》んではいられません。「何だろう、猫かな？」気を取り直して確かめにサッシに近づきました。すると目の前を、さあっと何かが横切って、ベランダの脇の物陰に落ちました。

「着物？」よりさんはサッシを開けて、身を乗り出しました。

まさに、着物です。白地に目を刺す鮮やかな赤い椿と、緑の葉の柄の着物です。誰かが干していたのが飛んで来たのでしょうか？「なーんだ……」と、よりさんはベランダに出て、拾おうと手を伸ばしました。その途端でした。

ぱあっ!!　と着物がひるがえって下から、細い手が伸びて、よりさんの手首をつかみました。しわしわのおばあさんの手です！

そして、よりさんが悲鳴を上げる間もなく、

「遊ぼう……ねえ、遊ぼ」と、しわがれてはいるけれどまるで小さい子のような甘えた声がして、服の下の暗闇からぎろりと二つの瞳が覗きました。

「遊ぼう……ねえ、遊ぼ」と、ものすごい力でよりさんの手首をグイッと引きます。

うわっ！

よりさんは、椿柄の着物の中に引っぱり込まれ、もんどり打ちました。そして目を開けると、見たことのない場所に立っていたのです。

しんとした一本道でした。

両脇は一面、ススキ野原で、銀鼠《ぎんねず》に輝く穂が風にたわんで、見事に波を打っています。なのに不思議なことに、風を感じません。何だか妙に穏やかな所……。

道の先はわずかに上り坂で、丘の頂上は、浅葱《あさぎ》色の空をバックに何かがキラキラ光っています。目を凝らすとそれは、さっきの椿柄の着物を着た老女です。丘

の上――一本道の先にいる老女は、椿柄の着物の下に十二単《じゅうにひとえ》のように、帯を締めずに何枚もの着物を重ねて羽織《はお》っています。髪は真っ白で後ろで一つに束ねていますが、バサバサ乱れてザンバラ髪……丘の上がキラキラ光って見えるのは、その老女……いいえ、すっかり心を失った狂女が、舞いを舞うようにくるくる回っているからです。回ると着物の裾が広がって……よりさんは着物にはまったく詳しくありませんが、綸子《りんず》……大島紬《つむぎ》、縮緬《ちりめん》、総絞り……重ねているのがどれもとても高価なものだというのは分かります。老女は回っています。高価な着物にザンバラ髪で、何か歌いながら……。

金襴緞子の蓑ならば、
一生おべべに事欠かぬ
一生おべべに事欠かぬ……

耳を澄ますと、歌が聞こえてきました。聞き覚えのある歌ですが――、老女の歌は壊れたレコードのように、そこだけを繰り返しています。

「みのぐりちゃんだ」よりさんは、ごくりと唾を飲みました。

あの老女がさっき一瞬よりさんを摑んだ手の力は尋常ではなく、まだ手首に残る感触は到底この世のものではありません。すなぐりさんとしかぐりさんには気の毒だけれど、みのぐりちゃんは死んで……でもその上その魂が成仏できずに迷ってこんな風に姿を現した!?

「逃げなきゃ!!」

よりさんは本能的に踵《きびす》を返しました。でも振りむいた後ろが――。

ありません!

ただ真っ暗な暗闇がうごめいているだけ。ぎょっとして、よりさんは思わず叫びました。

「何で!?」

その声に、はたと、みのぐりさんが振り返りました。

「見ーつけた」

みのぐりさんは、前歯の抜けた口を開け、にかーっと笑いました。

「見ーつけた……ねえ、遊ぼう、遊ぼ、遊ぼうよう」

ねっとり甘い声で、みのぐりさんは、よりさんを迎えるように手を広げます。

節くれだった手の爪は、灰色で伸び放題です。水気のない深い皺のなかの目は、片方は白く濁って、もう片方はぎらぎら緑色に輝いています。

「ねえ、ねえ、ねえってば」

みのぐりさんは、一本道をものすごい速さでかけ下りてきました。


「どうしよう!?」

前はみのぐりさん。後ろは暗闇。

よりさんは逃げ場を求めて、ススキ野原にざぶんと飛び込みました。間一髪、みのぐりさんの手が空をかすめます。ススキをかき分けて逃げるのは大変ですが、みのぐりさんの方が、もっと大変――重ねた着物が引っかかって、だんだん距離が開きます。

「やめて、みのちゃん！」よりさんは逃げながら叫びました。

「みのちゃん？　誰、それ」

正気を失ったみのぐりさんは、自分の名前も覚えていません。

「みのぐり……あなたの名前でしょ？」

「私の？」

「すなぐりさんと、しかぐりさん……あなたたち、三つ子でしょ？」

「すなぐり……しかぐり……」

みのぐりさんは、何かを思い出そうと頭の中を探るように一瞬足を止めました。

「あなたは、金襴緞子のみのぐりさん……でしょ？」

「みのぐり……？」

けれどみのぐりさんは、思いだしかけたことを振り払うように、ぶんぶん、頭を振りました。

「そんなん、どうでもいいけん！　もう一人は嫌やけん！」

そしていきなり、ああ、まどろっこしいとばかり、ススキに引っかかった椿柄の着物を、ばさりと脱ぎ捨ててスピードをあげました。

「もう、やだー」追いかけっこの再開です。

よりさんは逃げ出しましたが、また後ろで、バサッと音がします。振り返ると、みのぐりさんが今度は大島紬を脱ぎ捨てています。みのぐりさんは本気です。よりさんも死に物狂いで逃げますが、バサッ、バサッ……と、着物を脱ぐ度、みのぐりさんは身軽になってスピードをあげます。どんどん後ろは闇に飲まれて、さっきみのぐりさんが回っていた丘の上しか行けるところがありません。

「やめてー！　助けてー‼」


その時です。

ゴオーッ‼

轟音《ごうおん》をたてて、二人の頭の上を突風が越して行きました。

思わず頭を押さえ、かがみこんで……それから顔を上げると……。

「カギョク……ショウショヨウショヨウ‼」

丘のてっぺんに、ジライヤ大のカギョクとショウショウが現れました。

よりさんは、最後の力を振り絞って、丘を駆け上がりました。

丘の裾はすっかり闇の中。ぽっかり浮かんだ島のように、丘のてっぺんが残るだけです。ススキをかき分けて飛び出すと、そこはススキのような背の高い草はなく、くるぶしまでの雑草だけが生えている小さな草地。


でもカギョクを見上げて、ほっとしたのも束の間、みのぐりさんがススキをわさっとかき分けて、飛び出して、きゃあー……!! と、空気を引き裂くような悲鳴を上げました。

「あんた、誰ね!!」ショウショウとカギョクに驚いたのでしょうが、その叫び声に、もっとびっくりしたのはよりさんです。まるで小さい子どものような悲鳴。

振り返ると実際――そこにいたのは、小さな女の子。一枚、一枚、服を脱ぎ捨てるごとに、みのぐりさんは、どんどん若返っていたのです。

さっきまでの正気を失った老女の姿はなく、今目の前に居るのは、カギョクとショウショウに怯《おび》えてしゃがみ込んだ女の子……緋色の質素な着物を着た、おかっぱの、こだちくらいの女の子です。

「帰るぞ」と、カギョクが不機嫌に言いました。「だから、用心しろって言ったろ、ばか」

よりさんは、うんと頷いて、カギョクに走り寄ろうとしました。けれどその瞬間、蓑虫の蓑の首飾りがグイッと首を引いたのです。それはよりさんを行かせまいと阻《はば》むようでもあり、まるで名残を惜しむようでもありました。はっとしました。魔が差して首にかけてしまったけれど、これはよりさんのものではありません。これは、みのぐりちゃんのもの。

そうに違いありません。

「ちょっと待ってて。これ、返してくる」

よりさんは首飾りを外すと、踵を返して、みのぐりちゃんの許に駆け寄りました。そして腰を抜かしたようにしゃがみ込んでいるみのぐりちゃんの首に、首飾りをかけたのです。

「あ……」

みのぐりちゃんは、びっくりしたように、首飾りの蓑を見つめました。

「これ……なくしたかと思った」

みのぐりちゃんはそう言って、きゅっと蓑を握りました。

そして……。

たちわかれ、いなばの山の、峯におふる、
まつとしきかば、いまかえりこむ、共にありなん、ありありな……

みのぐりちゃんの唇がかすかに動いて、歌がもれました。思い出したのです。

忘れていた歌の続きを――。

「すなぐりさんとしかぐりさんも、今日それ、歌っていたよ」

「うん……」こくんとみのぐりちゃんが頷きました。

その途端です。

「ヨーリーン、行くぞ‼」

カギョクの風がよりさんを巻き上げて、ショウショウの背に乗せました。辺りがぐらっと揺れました。

「夜に妖しい音が聞こえたら、戸は開けるもんじゃなくて閉めるもんだ」

カギョクはきつくよりさんを叱って、それからふうっと、ため息をつきました。

「ま、お陰で、あの子は助かった。自分の足で帰るだろ、帰るべきところにさ」

目も耳も開けていられないくらい、激しい風が吹きつけました。


次によりさんが気を確かにした時は、よりさんは家のサッシの前。目の前には夜闇……。

「あ、閉めなきゃ」

よりさんはサッシの鍵を閉め、空っぽになった千代紙の小箱を閉めました。

立冬

新しい伝説

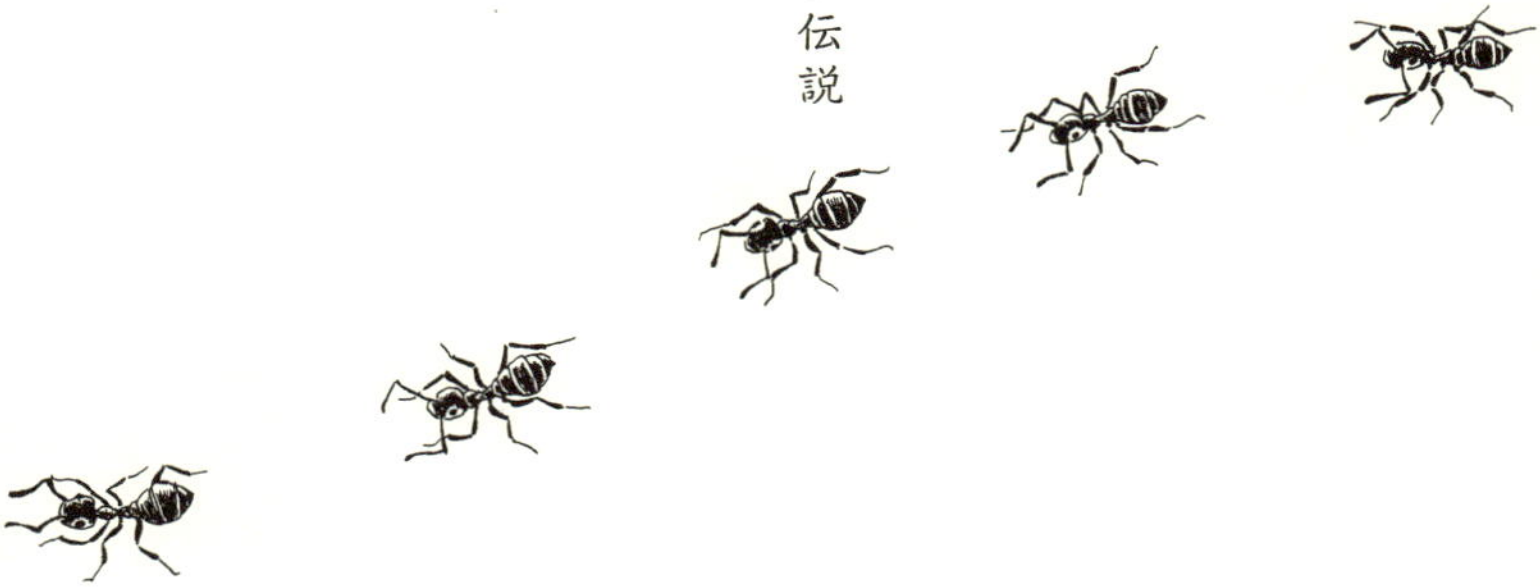

昨日通学路で、キイロスズメバチの巣が見つかって駆除されたそうです。

「この時期の蜂は凶暴なんですってー。家の通気口から出入りして屋根裏なんかにも巣を作るらしいから、飛んでるのを見たら行き先を突き止めて駆除しないと。でも危ないから――」

朝、家の前でゆきさんと立ち話をしていると、すーさまがいーさまと知らせに来てくれました。

「見つけたら、私たちに言ってね。スズメバチは増えて、ミツバチが減って……いったいどうなってるのかしらねえ」と、すーさまはいいます。

ミツバチの大量死は有名です。世界中で、ミツバチが突然大量死して激減していると昨日もテレビでやっていました。原因は不明。ミツバチが必要なのはイコール蜂蜜のためというのは素人考えで、ミツバチはありとあらゆる植物の受粉を担っていて、ミツバチがいないと、ありとあらゆる植物が実をつけられないということになります。『食卓に上るものの五十パーセントはミツバチが受粉している』ので、アインシュタインも『ミツバチがいなくなったら、人類は四年で絶滅する』と言っていると。


そしてそんな話の最中、急にいーさまがきゅっきゅと足踏みをしました。きゅっで一匹、次のきゅでまた一匹——いーさまはアリを踏み潰したのです。

「あら、アリ？　今年はアリの方はなんだか多いわよねえー」と、すーさまが、話をハチからアリに移しました。

「あ、私も、苦手」と、ゆきさんも言いました。「働き者だって分かってるけど、うじゃうじゃ数が多いとぞっとしちゃう」

「みんなが働き者ってわけでもないらしいわよー。怠《なま》け者《もの》も多いんですってー。トモが理科で習ったって言ってた。この間、アリの勉強したんでしょう？　半分はサボって、よっぽどのことがないと働かないって習ったって。ひなたは言ってなかった？」　すーさまは、よりさんに話を振りました。よりさんの一男、ひなたと、すーさまの一男、とも君はクラスは違うけれど同学年です。

「えっ？　ああ……どうだったかなあ？」と、よりさんは生返事をしました。

何か変です。今日はよりさん、ノリが良くありません。実はよりさん、いーさまが、さっきからよりさんの家の前の鉢植えにちらちら目をやっているのに気づいて、気もそぞろなのです。

普通玄関前の木はシンボルツリーで、家に運気を呼び込むような瑞々しい木があるべきなのに、よりさんの家のそれはほぼ枯れていました。

一メートル足らずのユズの木ですが、ナミアゲハの子達が食べ尽くして葉がほとんどありません。ぱっと見、死んだ木に見えます。おまけに根元からは色が赤茶けたクローバーやら、枯れかけてサボテン風に固くなった雑草やらがぼさぼさはみ出ていて、誰が見ても片付けるべき風体《ふうてい》のものです。よりさんは、普段から歯に衣《きぬ》着せぬいーさまに『あれ、枯れている。片付けないと見苦しい』と、いつ言われるか、はらはらして話に集中できなかったのです。

実はあの鉢植え……簡単に片付けられない理由がありました。だからよりさん

は、いーさまに言われる前に話を切り上げることにしました。いかにも今気づいたと、はっと大げさに声を上げて、

「あ、ごめん、今日冷凍食品半額の日だから大量に買ったんだった。しまわなきゃ……ごめん、失礼……失礼しますね」と家に逃げ込んだのでした。

それをきっかけに立ち話は散会。

いーさまは正しい心根のヒトでしたから、陰で人の悪口を言うようなことは良しとしません。よりさんが消えると、スパっと割り切って「じゃ、私も失礼」と、家に踵《きびす》を返しました。ゆきさんも「じゃ、私も……実家にちょっと行ってきます」と駐車場に向かい、すーさまも「冷凍食品半額なら……」と、買い物にでかけました。

覗き穴からそれを見届け、冷蔵庫に適当に買ってきたものを放りこみ、よりさんは台所のテーブルに、どさっと本を持ってきて広げました。昨日の調べ物の続きです。本には付箋《ふせん》が挟んであります。

アリとカイガラムシ。

それこそが、鉢植えが動かせない理由でした。

夏の間、ナミアゲハの幼虫の食樹として、よりさんは柑橘系の鉢をいくつか買いました。ユズやレモンや金柑《きんかん》や——同じような木でも、新しい葉が育つ時期は少し違います。玄関脇のユズは、最後まで新芽を吹いていたので、自然と幼虫が集まります。だからよりさんは、他の木は地植えした後も、これだけは鉢ごと、鳥にも狙われにくい、玄関脇に置きました。それがやがて幼虫が巣立って、鉢だけが残されたという訳です。

「片付けなきゃなあ……」

あちらを立てればこちらが立たず——幼虫のために身を挺《てい》したユズは、ぼろぼろです。でも、ほんの数枚食べ残された葉が生きているところを見ると、完全に死んでしまったわけではありません。息を吹き返すかどうかは疑問でしたが、とりあえず地植えしようと、よりさんは何日か前、重い腰をあげました。

近づいてみると、驚いたことにユズの木の枝や幹にはたくさんカイガラムシがついていました。アゲハの幼虫の団地だった木が、いつの間にか住人を変えてカイガラムシハウスになっています。

イセリアカイガラムシ。

春分のころ、グリーンタウンの端のフェンスのところにある大きなレモンの木についていたのと同じカイガラムシです。白いメレンゲのクリームの上に薄桃色の飾りボタンのような本体が乗っています。カイガラムシは木の中の水の流れにとまるので、カイガラムシがついているということは幹の中を水が巡っているということです。ユズの木は、こんなになっても虫を育む母の木でした。

といってもガイガラムシにも春の勢いはありません。葉の茂る大木に比べて裸の小さな木だとカイガラムシは所在なさげで寒そうにみえました。春には、奥さんたちが井戸端会議でおしゃべりに花を咲かせるように寄り添っていたのが、今は一つ一つ別々に物思いに耽《ふけ》るか、縁側でウトウトしているおばあちゃんのようです。搾り出しクリームのようなお尻の下の縞も浅く、角が立っていないし、飾リボタンのような本体がはがれそうになっているものもいます。秋、物寂しい感じ。

「何て健気《けなげ》な木……今度は、カイガラムシを養ってるの？」

まじまじみると、わずかに残った葉の真ん中の葉脈に、何やら白い点々が並んでいます。「やだ、葉ダニも？」

針の先ほどの小ささで動く気配はないけれど、よくよく見ると、点の周りが毛羽立っています。でも葉ダニなら取った方がいいかな……と、葉を拭おうとした手を、よりさんは「あ……」と引っ込めました。

点々の上に、アリが踏ん張っていたからです。

すーさまが何と言おうと、アリといえば、動き回るものの代名詞です。だからよりさんの目は、動かないアリをアリと認識できませんでした。ただ一度気づいてよく見ると、動かないアリはたくさんいました。アリの中でも小柄なうす茶色いアリで、髪の毛よりも、猫の毛よりも、細い足を踏ん張っています。

葉ダニの上でも。バラバラにいるカイガラムシの傍らにも。

そんなアリの間を、せわしなく行ったり来たりしているアリもいます。その様は『何か要るものとかある？』と御用聞きをしているように見えます。

「みんな、同じ巣から来てるのかな？」

よりさんはユズの木の幹を下りていくアリの行き先を見定めようと、スカートをめくるように、鉢植えの土を覆っていたぼさぼさに伸びたクローバーや、紙で出来ているようなパサつく雑草をめくりました。そして……。


「なんじゃ、これ？」

よりさんはまたも、見たことのないものを見つけました。

ユズの幹の根元がこんもりしていました。根元から二十センチくらいがふんわり裾広がりにふくらんでいます。まるでヤシの木などの南国系の木の根元のように、マットなビロードの木肌です。小枝を拾って幹のこんもりをつついてみると、はらはら、ほろほろ……粉が散りました。コーヒーの出がらしよりも細かい粉が木肌に塗りつけられていたのです。

はっと思い当たりました。アリの巣の入り口のぐるりに、土が盛られているのをよく見ます。巣から掘り出した余分な土です。幹に塗られているのはそういう粒子。アリが口で嚙み砕き、運べるような細かい粒――ということは――ということは！

この鉢の中に巣があるのです。鉢という限られた空間では、出た土をポイポイ捨てる場所はないから、アリたちはそれを木の幹に塗りつけたのです。

「うわあ……良く考えてるなあ」

眩暈《めまい》がしました。鉢の中にアリの王国。鉢ごとアリに乗っ取られているのです。

それからよりさんは図鑑を開き、アリ調べに没頭しました。だから付箋を挟んで、いつでも読める所に本がおいてあったのです。

わかったことも……わからないこともありました。けれど……。

「すごいや……すごすぎる」

あの点々は、葉ダニではありませんでした。カイガラムシの幼齢虫。アリは、カイガラムシを世話しているようです。本の中にはカイガラムシとアリの関係は見当たりません。代わりにアリは、アリマキなどを世話すると書いてありました。敵から守る代わりに、分泌する甘露をもらうのです。ヒトが牛や羊を『放牧』するのに似ているので、世話される側は、英語ではantcow《アントカウ》……アリの牛たちと呼ばれています。アリマキだけでなく、アントカウはいろんなものがいるとは出ていたので、カイガラムシもその一つでしょう。そして、アリはアントカウを、独占しようとする『専有本能』を持っていて、同じ種類のアリでも、アントカウに近づく違う巣のアリとは戦うと、ありました。

巣の外ばかりではありません。なんとアリの巣の中に同居しているものもいました。アリマキと同じようなアントカウのコオロギやシジミ蝶の幼虫がいます。シジミ蝶は種類によって、いい匂いの分泌物を出して代わりに餌をもらう正統派だけではなく、アリの幼虫と同じ匂いを出して餌だけもらうちゃっかり派もいます。他にも蛹《さなぎ》になるとき転がりこむ居候派や欺いた上にアリの幼虫を食べてしまう盗人猛々《ぬすっとたけだけ》しい派もいます。

よりさんは蝶の幼虫は当然草食だと思い込んでいたので、蝶の中でも一番小さいシジミ蝶の幼虫にアリの幼虫を食べる肉食のものがいるなんて、びっくりでした。でも確かによりさんの家の鉢植えにも、たくさんクローバー系の雑草が生えていて、夏にはシジミ蝶の幼虫も見かけました。小さなワラジ型の幼虫です。どの種類の子かは分からないけれど――アリの巣の中か、枯れた草の下かには、蛹になって時を待っている子が絶対にいます。鉢の中にはアリとその仲間たちの完璧な世界が出来上がっていました。

『砂漠が美しいのは、どこかに井戸を隠しているからだよ』
サン・テグジュペリの星の王子さまは言うけれど、よりさんはアリの巣の存在を知って急に鉢が輝いて見えました。
星の王子さまにキツネが言います。『あんたがあんたのバラの花をとても大切に思っているのは、そのバラの花のために、暇つぶししたからだよ』
人にはさぼっているようにみえるアリも、カイガラムシのために時間を費やしているのです。『専有本能』が最初の動機であったにしても、気にかけて時間を費やせば、それは大事に思うということ以外のなにものでもありません。

それに思い出すと今年は、ぎょっとするほどアリの多い年でした。花の中を歩いているアリもたくさん見かけました。ミツバチが数を減らしているので、花の蜜もアリがもらう隙ができて、それは結果的にミツバチが担う受粉の足りない分をアリの細い脚が補ったのかもしれません。


鉢植えのなかに世界が一つ。

ぱっと見てはわかりません。だからこそ、よりさんはいーさまのように鉢植えの外を見て見苦しいと言いだす人が出るのを恐れていました。保護者のような気持ちで――太陽や月とは言わないまでも、星の一つには並ぶ気持ちで、鉢植えを見守っていたからです。幸い家の住人達、四人の子どもとだんなさんは、そういうことに目を向けるタイプではなく、気づきません。でも隣のゆきさんなら、何時気づいてもおかしくありません。それでもよりさんが鉢を動かさないでいたのは理由がありました。

踏ん切りがつかなかったのです。だってアリたちは、しょっちゅう働きに出かけていますす。よりさんが鉢を動かすのは簡単ですが、その時出かけていたアリは家に戻れなくなってしまいます。皆のために多少の犠牲はつきものだと、遠出していた子たちを切り捨てる気になれません。「今はやめよう」「今度にしよう」と先延ばしにするうちに時間が立っていました。

でもいーさまが気づいたのなら――もう迷う暇はありません。

よりさんはパタンと、図鑑を閉じました。

「よし、引っ越しさせるか……」


と、その時です。突然目の前で、くすっと笑い声がしました。柔らかな息が、あっという間に、ため息で淀んだ空気の色を明るく染め変えました。

顔を上げると……いつの間に、本当にいつの間に？　いつもだんなさんが座る椅子に一人の女性が座っていました。薄茶色のふんわりしたマントをまとっている女性。逆三角形の顔に、すごく大きな黒い目をしていて、その目で見つめられると、不思議な深みに周りが霞《かす》みます。

自分の家にいきなり見知らぬ人が現れたら、悲鳴を上げても当然ですが、その人はあまりにも当たり前にそこにいたので、よりさんの方が気恥ずかしくなって慌ててぺこりと会釈をしました。

その人は軽く頷き返して、マントのなかから手をテーブルの上に出しました。細く繊細な手。惹《ひ》きつけられ、すると不思議なことに目の前にはその手しかないように周りが霞みます。

「ヨーリーン、引っ越しをしましょう」と、その人は凛《りん》とした声でいいました。人間のサイズをしていても、ヨーリーンと呼ぶからには小さいものです。

「あ、あなたは?」

「風の中のカタリナ」と名乗って、その人は身を乗り出しました。

「ヨーリーンは、神話を信じるかしら?　それとも科学を信じるかしら?」

「えっ?」

唐突な質問です。よりさんが思わず目を丸くすると、カタリナは、内にとどめようとしても漏れてしまうように、ふふふ……と笑いました。

「えっ？」

「ああ、ごめんなさいね。つい嬉しくて……。私、ヒトが驚いたり困ったりするの、大好き。本当はどっちでもいいの。だって、どっちでも同じことだもの」

「え？」よりさんが目をさらに丸くすると、カタリナはもう堪《た》えられないとばかりに、けらけらと笑い出しました。

「わあ、びっくりっていうことをね、科学では発見、神話なら奇跡って言われるの。呼び方が違うだけ。でも私は絶対、奇跡の方が好き」

そしてカタリナは、ね？と、よりさんを見つめました。

「ねえ、ヨーリーン。私たちで奇跡を起こしましょう……。伝説を作るの。鉢を運ぶの。あなたなら運べるでしょう？面白そう……ああ、わくわくしてこない？」

「それが……鉢を運ぶのが奇跡なの？」

「もちろんよ。王国がひとつ丸ごと、空を飛んで安住の地に行き着くのよ。絶対、伝説になるわ」カタリナはうっとり目を細め、空をみつめました。

カタリナが目を細めると、それまでカタリナの目に捕らわれていたよりさんは、ふっと解き放たれて、頭の中が少し清明になりました。つまりカタリナの言うのはこういうことです。アリが鉢の中に王国を作り、それが空を飛んで移動して、安住の地に行きつく——ユートピアの冒険談。それを手助けできるなら、よりさんも伝説の担い手の一人になれるということです。

「あ、わくわくしてきた……」

「でしょう?」カタリナはよりさんの手をきゅっと握って、立ち上がりました。椅子に座っている時は分からなかったけれど、随分背が高く、二メートルほどもあります。よりさんはカタリナに子どものように手を引かれて玄関に出ました。

「さあ、始めましょう!」

カタリナは、ドアを開け、「ヨーリーン……土をできるだけ、こぼさないようにしないと……何か考えはある？」と首を傾げました。

「あ……なら、これに乗せるのはどう？」よりさんは玄関に置いてあった新聞紙を持って出て、鉢を持ち上げ、新聞紙に乗せました。

「ふふ……完璧」とカタリナはよりさんのためにドアを押さえました。「さあ、どうぞ」

「うん」

よりさんは鉢を抱えて、台所を抜け裏のベランダに出ます。いつの間にか、カタリナはベランダの下にもう降りて、「ここはどうかしら？　ここに埋めましょうよ」と、ベランダと家の壁の角の地面を指さしました。

「うん、わかった」と、よりさんは新聞紙を外して、鉢を近くの地面に下ろし、シャベルを取ってきました。地植えにすれば鉢植えと違って毎日水遣りをしなくても枯れることはなくなります。ユズの木は根を広げ、アリの巣も住まいを広げていくことができます。

「大きな穴にしてね」

「うん」ザクザクと掘って出た土は新聞紙に盛ります。

「ぱっと、一気にね」

「うん……」

カタリナが鉢の縁を押さえてくれたので、よりさんは一瞬息を止めてユズの木の幹をつかんで引っ張りました。カポッと、ユズの木が抜けました。よりさんは急いで根っこ――いえ、アリの王国を崩さないように穴に収め、掘り出した土を新聞を折って流し込むように周りに入れていきました。

「ぎゅっと押さえない方がいいよね？　水も周りにかける？」

「ええ、そうね……」カタリナがかがんで、馴染むようにと地面をとんとんと叩く間に、よりさんは水をやかんに入れて持ってきてぐるっとかけました。

「できた……ね？」

でもやり遂げたと思って振り返ると、カタリナは庭の真ん中にすっくと立っていました。マントが風にひるがえり、かがんでいる位置から見上げるとますます大きく見えます。カタリナは片手を高くあげていて、それはまるでドラクロワの『民衆を導く自由の女神』のようです。

凛とした姿に思わず息を飲むと、カタリナは深いあの黒い目でよりさんを見下ろしました。深い目の奥がキラキラ光って、また辺りがぐんと霞みます。カタリナは弾んだ声で言いました。

「さあ、次は、伝説の道を作らなくっちゃ」

「道？」よりさんの驚いた顔にカタリナは嬉しそうにふふっと笑いました。そして片方の眉をぴっと上げて、「ヨーリーンは、ヘンゼルとグレーテルを知っているかしら？」と聞きました。

「えっ？」もちろん知っています。

カタリナは、掲げていた手を下ろして、ゆっくりと手を開きました。繊細な手の握り拳《こぶし》が開くと目が釘付けになります。手のなかには茶色い粉。カタリナはよりさんにぐっと近づいて、手首をつかんで引き寄せると、手の平に自分の持っていたほろほろとした粉を移しました。

「これ……」よりさんは、もう片方の手の指先で粉を確かめて、匂いを嗅ぎました。

「そう、匂いがたっぷりしみ込んでいる。何しろ口に含んで運ぶんだもの。これはアリにはヘンゼルのパン屑《くず》」

カタリナは、決して遠出したアリたちのことをなおざりにしていたわけではないのです。ちゃんとその子たちが帰る道筋を考えていました。ホロホロした粉はユズの木の幹にアリたちが塗り付けた土。この匂いを辿《たど》らせて、家に導こうというのです。

「お隣さん、今、お留守なんでしょう？　なら今のうちにやってしまいましょう」と、カタリナは、よりさんの肩に手を回してゆきさんの庭に目を向けました。

確かに立ち話の後、実家に行くとゆきさんは駐車場に行きました。カタリナは、ゆきさんの庭に道を作る気でしょうか？　でも、ゆきさんはアリは苦手とも言っていました。

「大丈夫。生け垣の根元に道を作れば、ヒトの目には届かない」

カタリナは、ふふっと笑って……よりさんの体をぐっと引き寄せました。

わあっ！

ざっとマントが広がって、二人の体は引きあげられるように宙に浮きました。マントの中は、プーンと柑橘系の匂いがして、気持ちよさに全身に鳥肌が立ちます。安心に包まれてうっとり眩暈がするほどでしたが、のんびりはできません。

「ヨーリーン、道標《みちしるべ》を少しずつ撒《ま》いてね」

言われてはっとして下をみると、眼下に鉢植えがあります。カタリナは片腕で空をかくようにして、よりさんの家の生け垣に上がりました。よりさんは言われた通り、小指を解いて、少しずつ粉をこぼしました。

よりさんの家とゆきさんの家は、テラスハウスなのでつながっています。隣り合った家の裏庭は、槙《まき》の生け垣で仕切られています。カタリナは、その高さ二メートルほどの生け垣の上を滑るように進み、そこを抜けてカステラハウスの壁に沿って、よりさんの家の玄関まで、よりさんはヘンゼルのパン屑ならぬ、土の粉をまいていき――さっきまで鉢植えがあった所で、とんと地面に下りました。

よりさんはマントから出て、パンパンと手についた粉を払い落としました。

「よかった。これで完璧?」

でもカタリナは、肩をすくめます。

「完璧。でもね、ヨーリーン、完璧すぎるのはどうかしら? あんまり面白くない……もっと、わくわくするような……だって子どもたちは、冒険が好きでしょう?」

「え?」

「だからね、道が一つじゃつまらないってこと。冒険に満ちた……わくわくするような話がないと、長い冬……子どもたちが飽きてしまうわ。道徳の教科書に載るような伝説だけで育った子どもはつまらない子になってしまう。もっと冒険がいるのよ」

カタリナは、レオ・レオーニの『フレデリック』のようなことを言いました。

ただアリが話を聞かせるのは、ねずみではなくて、巣の中のアリの子たち。一緒に住むシジミ蝶の幼虫達や、アリたちが心を傾けてそだてているカイガラムシ。

「でもどうやって？」

カタリナはよりさんの家の屋根をみあげ、長い指をさしました。

「断崖絶壁を越える道……それから……」

カタリナは、指先をグリーンタウンのフェンスの向こう……川の方に変えました。「大河を回る道……」とカタリナは、マントを両手でつかんで、羽のように広げ胸を張りました。「大丈夫、後は私に任せて」

マントが風にはためきました。

まさに『風の中のカタリナ』。

カタリナはばさっと羽ばたいて、すっと宙に浮きました。そしてもう一回羽ばたくと、はらはらと、ほろほろと、マントから粉が散りました。見上げていたよりさんの目にその粉が入って、よりさんは慌てて目を閉じました。

「ではごきげんよう。これで私たちも、伝説の一部ね」カタリナはそんな言葉を残して、よりさんが目をこすりこすり開けた時には姿を消していました。

家に入ってよりさんは、自分の肩に一匹アリが付いているのに気づきました。さっき土を浴びたから、よりさんも匂うのでしょうか、アリはよりさんの体の上でおろおろしています。ふと思いついて、よりさんはアリをはちみつの飴玉《あめだま》の上に乗せました。そして飴ごと、地植えしたユズの根元に置きました。

「これも伝説になるかしら?」

巨人に捕らわれかかったけれど、黄金の飴を手に入れて戻った話。まるで優しい巨人の庭の話のような——。

お話は、長い冬の一番の楽しみです。

小雪
一文字違い

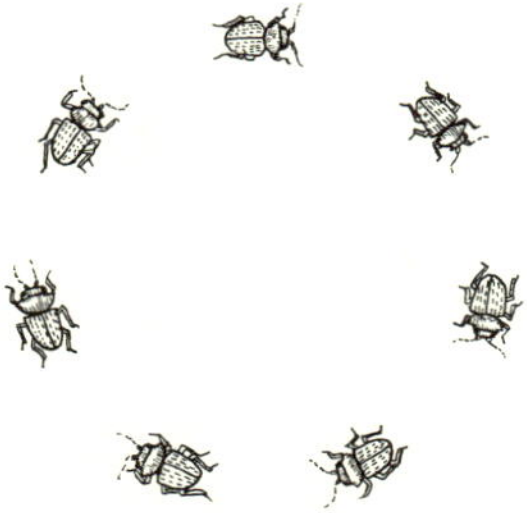

夕暮れ……。

もしそのいっときが好きならば、ここに住むのはお得です。

ここは日が長いのです。よりさんが前に住んでいた所と、一時間近く違います。ジモッティには当たり前のことですが、新参者《しんざんもの》のよりさんは最初、いつまでたっても暗くならないので、本当にびっくりしました。考えてみれば、時刻は一つの国で人が便利に過ごせるように決めた数値、太陽に照らされたり、影になったりで、昼と夜ができるわけで、同じ国でも西と東――今いる所と前の所では、日の出、日の入りは実際には一時間近くずれて――朝の始まりが遅くて、夜になるのも遅いのです。

学校や保育園が終わった後の長い長い夕方は、子どもたちには贈り物です。引っ越す前は、学校から『夕焼小焼』とか『七つの子』とかの音楽が流れ始める秋の五時は暗かったけれど、こちらならまだもうひと遊びできます。

秋は夕暮れ……。

赤、黄朽葉《きくちば》、柿色、紫苑《しおん》、銀鼠《ぎんねず》、鈍色《にびいろ》、黄金《こがね》、ベンガラ……あふれかえった秋の色は夕暮れになると、鮮やかさを増します。爽やかな風に秋の実り――手にするもの、目にするものがたくさんあって、皆、豊かな気持ちになります。でもやがて緞帳《どんちょう》が引かれるように、つるべ落としの夕闇がきます。清少納言が趣あると言ったのは、その闇に包まれる前のほんの一瞬――目に鮮やかな色が色を失って、夕陽の紅と黒い影に染め変えられる狭間のひとときです。そして今日はその中でも特別な夕暮れの日です。

日の入りの遅いこの地域の、一番早い日の入りの日だと地方紙に載っていました。冬至が一番日の入りが早い――というのも思い込みで、ここでは今日こそが季節と一日の両方が合わさった、夕暮れ中の夕暮れ。つるべ落としの速さで暮れる、その黄昏時《たそがれ》は、影の濃さが目に染みる……と。

そんな日に、よりさんは朝からそわそわしていました。

『元気マン』

ひなたがそう呼ばれていて、人気者ねー――と、聞いたのは今朝のことです。

『便器マン』

ひなたがそう呼ばれているけれど、大丈夫？　と、聞いたのも今朝のことでした。

『げ』と『べ』

たった一字で、大違い！

よりさんの心はちぢに乱れます。

『元気マン』の情報源は、すーさまです。すーさまは、ひなたの同級生の息子、とも君から聞いたと、朝の立ち話で教えてくれました。

「上の学年の子も、元気マンって呼ぶんだって。ひなた、人気者なのねー」

「ほんとに、うちのひなた？」

「うん……私も何回も確かめたけど、お宅のひなたですってー……」

すーさまもちょっと訝《いぶか》しそうに首を傾げました。確かにひなたはいい子だけれど、それはのんびりしているとか、マイペースとかいう意味で、『元気マン』という称号はしっくりきません。

『便器マン』の情報源は、はなさん。ひなたと同じクラスのまなちゃんから聞いて、大丈夫？　と心配して電話をくれたのでした。「理由は分からないけど……。あ、でも、ひなたは嫌がってないって。とにかくひなたに聞いてみた方がいいよ」

はなさんの言うとおり、あれこれ悩むより、ひなたに聞くに限ります。

「シュレディンガーの猫よ。フタを開ければ分かる。聞けばいいのよ」と、よりさんは自分に言い聞かせました。でもひなたは学校。小学生の帰宅は三時すぎ——それまで待たなくてはなりません。保育園組は今日、友達のお母さんが一緒に連れて帰ってくれて、夜まで遊ぶことになっていたので、することはただ待つだけです。よりさんは二時近くには何も手につかなくなって、台所に座りコーヒーも三杯目。時間が気になって、時計にばかり目が行きます。

「待ち長いなあ……さっさと帰って来ーい」開いた本も上滑りで、集中できません。もう三十分はたったと思って時計を見ると、まだ五分もたっていません。

「時間が経つのがやけに遅いよう……」頭をがりがりかいて、それからよりさんはがっくりとテーブルに突っ伏しました。

シャッ、シャッ……

シャッ、シャッ……

心臓の鼓動の音が規則正しく聞こえてきます。そしてその音に……。

キチ、キチ……

キチ、キチ……

規則正しい――例えるなら秒針が時を刻むような固い音が混じりました。

「あれ？　この音……」聞き覚えがあります。そのままの姿勢で音を手繰《たぐ》ると……思った通り、テーブルを小さなキクイムシが歩いていました。

キクイムシは二、三ミリの小さな甲虫です。ぷくっと丸い、褐色のゴマみたいな適度に固い甲虫で、家の中でもよく見かけます。すーさまが前に名前を教えてくれました。外で立ち話の最中、ぷーんと飛んできて、よりさんの肘《ひじ》に止まり、カチッと噛んだことがあります。「痛っ」。何かに刺されたと、よりさんが払うと、すーさまは「あらー、キクイムシにかじられるなんて、木と間違われちゃったー?」とケラケラ笑いました。「普通は枯れた木とか、枝が落ちた木の目とか、カサカサしたところにいるのにねえ」自分の肘が枯れ木みたいにカサカサだといわれた気がして、よりさんは慌てて肘を隠しました。

けれどそれから家に入って図鑑を調べると、よりさんを噛んだのはキクイムシではなくて、死番虫《しばんむし》という名の虫でした。

人参《じんさん》死番虫。

『ジンサン』というのは、生薬の朝鮮人参《にんじん》のこと。乾燥した木の皮——唐辛子やら朝鮮人参やら値段が高い漢方薬を食べてしまうので、別名は『薬屋泣かせ』。でも朝鮮人参なんて滅多にありません。だから死番虫は、代わりの乾燥食品——唐辛子の中で季節に関係なく発生します。『強くC型に体を曲げている』幼虫が、唐辛子の中にうじゃうじゃいるなんてぞっとします。成虫になると何も食べず、交尾して産卵して死ぬだけ。出会うためにオスとメスが交信する時頭を打ち付けて、キチキチと音を立て、その音が死への時を刻むようだから死番虫——死の番人。

でもよりさんの目の前に現れる死番虫は、そんな恐ろしい名に合う虫ではありません。小さくて、何か悪さをするわけでもなく、キチキチ頭を打ち付けて音をたてているわけでもなく、まるで秒針のように規則正しくキチキチ……歩くだけ。

死番虫は、ちょうど色も大きさもノミに似ています。ならばノミを見習って、危険を察したら、ぴょんと跳ねてもよさそうなのに死番虫は跳ねません。ノミと違って甲虫なので羽で飛ぶことはできますが、つまむか潰そうとしてヒトの指が迫ってきても飛んで逃げたりしません。あくまで、プーンと飛ぶのは気が向いたときだけで、その速度ときたら、焚き火で時折舞い上がる紙っきれの燃えカス並みに緩やかで、急に旋回して向きを変えることもしないので、蚊や小蝿と違って空中でも子どもたちに簡単に捕まって潰されてしまいます。

キチキチ律義に歩く——それが、死番虫の全てに優先しているように見えました。

さてそんな死番虫も、夏にはたくさんいたけれど、このところはご無沙汰でした。けれど、久々出会っても死番虫は自分を寸分変えることなく、律義にテーブルを歩きます。

キチキチ、キチキチ……

キチキチ、キチキチ、ピタッ。

でも、テーブルの天板の木目にできた節の上に差し掛かると、死番虫は、ピタッと止まりました。川のような木目の流れに、ぽっかり浮かんだ節目の島――最初からそれを目指していたように――。

「やだ……テーブルをかじる気？」よりさんは咄嗟《とっさ》に、近くにあったペットボトルのフタを死番虫にかぶせて閉じ込めました。でもそれでまたテーブルに耳を付けると、
キチキチ、キチキチ……と、また同じ音がします。

見回すとまた違う一匹が、テーブルの上をキチキチ……と歩いて、節の島でピタッととまります。

「あらら……」よりさんは、フタをずらして、ひょっと死番虫にかぶせました。賭博師《とばくし》が、丁か半か……サイコロを壺振りの壺に入れるように、フタをかぶせたのです。

どういうわけか、死番虫は次々現れました。プーンと飛んできて、キチキチ、ピタッ……と、さらに一匹……、またまた一匹、もう一匹……。

あっという間に、七匹の死番虫がフタに溜まりました。どうなっているかと、フタを裏返して覗くと、問題はないようです。ペットボトルのフタの内側には、ぐるりと溝があって、死番虫はそこに連なって、相変わらず寸分違わぬ足取りで、キチキチ、キチキチ、溝の中を歩いています。

「変なのー……」

思わず呟《つぶや》いたそのときです。玄関が騒がしくなりました。待ちに待った、ひなたとあさひの御帰還です。

「あれ？」よりさんは一瞬首を捻りました。死番虫を捕まえるのに、十分もかかっていないはずなのに、時計を見ると一時間もたっています。

「今度は、時間がたつのがやけに早かった」

とにかくよりさんは玄関に飛んで行きました。

「お帰りっ‼」


「ただいま」

けれど二人は、玄関にランドセルを放って靴も脱がず、「ねえ、遊びに行ってきていい？」と、すぐにも飛び出して行こうとする勢いです。

「いいけど……せめて、ランドセルは二階に片づけて来て」よりさんはなんとか二人に靴を脱がせ、「あ、あさひ、ひなたのも持ってって。ひなたはこっち」と、ひなたの腕をつかんで、台所に連れて行きました。

「何、母さん、僕、何かした？」ひなたは、いぶかしげに、眉をひそめます。

「したってわけじゃないけど、あなた、元気マンって呼ばれてる？」

「何で知ってるの？」と、ひなたは目を丸くしました。

「じゃ、本当なのね……便器マンは間違い？」よりさんは、ちょっとほっとしましたが、ひなたは目をますます丸くして「何で知ってるの？　呼ばれてる」と、あっさり言います。

「元気マンじゃなくて、便器マンなの？　全然違うじゃない？」

「両方……」

「どういうこと？」

「元気に便器を運んだから——どっちでも同じことだよ。じゃ、いってきます」

あさひが降りて来て、あっという間に二人は家を飛び出して行きました。

結果——ひなたが平気なら問題ありません。でも経過——何で、元気に便器を運んだのかはさっぱりで、胸にもやもやが残ります。

「何なのよー？」よりさんは台所に戻り、テーブルに突っ伏しました。

プーン……また死番虫が現れて、キチキチ……ピタッ……と木目の節で止まります。

「もう……かじらないでよ」よりさんは、ペットボトルのフタに手をのばしました。その時です。


にゅうーん……

テーブルの木目が歪《ゆが》みました。急に死番虫のいる節の辺りから、木が溶けて水になったようにです。節の辺りが、池のようにさんざめきました。そして、「かじらないよー」と、しゃがれた声がして、節の渦の中から、死番虫を乗せたまま丸い島がせり上がってきました！

いいえ、島ではありません。二センチほどせり上がると、眉にしては長い髭のような眉毛に、ぎょろんとした目が見えてきました。もう少し上がると、まん丸な顔にぼうぼうのモミアゲ……島に見えたのは死番虫を乗せたおじさんの禿《は》げ頭でした。

のーん……

おじさんは、上半身まで出てくると、ふんっ、ふんっ——両手で必死に節目の縁を押して、体をねじあげようとします。どうやらポッコリ膨れたお腹が引っかかっているようです。おじさんはお手上げと万歳しました。そして、

「ヨーリーン、手を貸して頂戴《ちょうだい》ー」と上目づかいにへらっと笑いました。

「え、あ、うん」

よりさんは、おじさんの両脇を指でつまんで引き上げました。

すっぽん……

少ししぼみかけた水風船のようなお腹がぬけました。仙人か唐の詩人のような、背の丈が小さなペットボトルくらいのおじさんです。ストイックな老仙人ではなく、ひょうきんな丸顔で頭は禿げているのにモミアゲはぼうぼう、お腹はたぷん……朝からお酒を飲んで赤ら顔の、のんべんだらりとしたほてい様のような仙人。

おじさんが首を傾けると、死番虫が禿げ頭を滑ってテーブルに落ちます。

「ちょっと待ってー」と、おじさんは死番虫に言うと、おもむろに懐から五百円玉くらいのスカラベ型の懐中時計のようなものを出し、胸に抱きました。それは

死番虫をかたどったようにも見えますが、色は死番虫の茶色ではなくて、緑青《ろくしょう》を吹いた銅色の入れ物です。そしておじさんがツンとつつくと、パカッと羽が左右に開きました。

「いいよー……おいでー……」そう呼ぶと、足元の死番虫が、プーンと飛んで、スカラベの中に入ります。「一匹……他の子は、どこに行ったやらー？」

「あ、ここ……」

よりさんは、伏せてあったペットボトルのフタを慌てて開けました。すると、今まで中を回っていた死番虫が、待っていましたとばかり、プーン……プーン……と次々飛んで、おじさんのスカラベに飛び込んで行きます。

「およよよ……こんなにためちゃあ、駄目よ、ヨーリーン。時がとどこおるじゃあないの」

おじさんは、とがめるように横目でよりさんを見ました。

「この子たちがキチキチ、時を刻むのよー。この子たちが入るのは、この蟲計《むしばか》り。そんなチンケな物に入れるなんて、ひどいじゃないのー」と、おじさんは、持っていたスカラベを突き出しました。

「蟲計り？　それ死番虫の家なの？」

「そう。で、これを管理するのが私。蟲計りの番爺《ばんじい》。時の番人……時番《じばん》よー」

「死番……」

「死番じゃなくって時番。死番虫じゃなくて時番虫。『し』と『じ』、たった一字で大違い」

「シじゃなくってジ……？」

「そう、生まれたもんは必ず死ぬから、時番していりゃあ、死も番するよ。だから間違いじゃあないけれど。死ぬも生きるも同じ一瞬。なのにわざわざ死番なんて、随分聞こえが悪いじゃあないの？」

「死番じゃなくて時番の番爺……」

「そうそう、それでこれが大事な蟲計り」

番爺は、ぺたぺたよりさんに歩み寄って、スカラベの蟲計りを見せました。遠目には懐中時計のようにも見えたけれど、時計ではありません。覗くと中には、さっきよりさんが死番虫、いえ、時番虫を入れたペットボトルのフタよりはっきりした渦巻きの溝があるだけです。時番虫はそこをキチキチと歩いていました。

「これが、蟲計り？」よりさんが怪訝《けげん》な顔をすると、番爺は肩をすくめました。

「あ、ヨーリーン……その顔は、懐中時計の文字盤でも入っていると思った顔ね？　残念でしたー。量子力学って知らーん？　小さい量子は急に消えたり、現れたりするでしょー。小さい者にゃあね、時は自由。前にも後ろにも進みますよー。好きな速さで、好きに進むもんなの。文字盤なんていらないの」

番爺は蟲計りをつついて、パチンと羽を閉じました。それでもよりさんがぽかんとしていると、番爺は困ったように続けます。

「ほら、ヒトだってさ、楽しい時間はさっと過ぎて、嫌な時間はとろとろ進む……でしょう？」

「そうね……」

「この子たちが、キチキチ、きっちり歩いていると、時もキチキチ前に進む。この子たちが、プーンと飛ぶと時もプーンと飛んで行く。じっと止まれば、時もとどこおり、後ずさりすれば前に戻る……でもまあ、でも、まあちょーっとの違いだから、あんまり気づかれないけれど……けれど、けれど、けれどもよ、一秒、一秒……一匹、一匹……一足、一足……時を支えてるこの子達を大事に見守るのが私のお仕事よー」

番爺がそう言うと、答えるように蟲計りがカタカタ鳴りました。

番爺はシーシーッとなだめながら、蟲計りの声を聞こうと耳に当てます。そして「ああ、そうだった、そうだった。今日は特別濃い日だものねえ……」と、一体、何を聞いたのか、急ににかーっと笑ってそれからよりさんの顔をじろじろ見ました。

「えっ？　何？　なーに？　濃いって何？」

「夕暮れが濃いのよー。日の入りが早いもんね……つるべおとしよー」

「はあ……」

「濃い影の日なら、ヨーリーンみたいに無駄に大きいからだでもよ、何とかなるって言ってるよ。あなたの悩みもはれますよ、ふふっ」

『ふふっ』って何が『ふふっ』なのでしょう？　よりさんが困惑していると、困惑するよりさんに番爺は困惑して、すっと肩をすくめました。

「ま、見てみましょうかねえ」

「何を？」

「夕暮れ……」番爺は、裏庭のベランダを指さしました。「行きますか」

小さいものが唐突なことを言うのには、よりさんもだいぶ慣れてきていました。

「わかった」

よりさんは番爺を手に乗せて、ベランダに出ました。


ベランダには、もう西日が差していました。急に早く時が進んだ感じです。

「ほうほう……」番爺は満足そうに目を細めました。「あらまあ、こりゃ、随分いい影」

「いい、影？」

番爺の視線に合わせて目を落とすと、ベランダに長い影が落ちています。ゆきさんの家の先、フェンスの先、雑草地の隣にある家の大きな柿の木の影です。今日は特別な日であるせいか、精一杯つま先立つようにベランダまで、怖いほど長ーく長く影を伸ばしています。

「あら、あら、ほら、これ、木守《きも》りの影じゃあないのー」

「木守り？」

木守りは、来年もたくさんの実を付けるようにと一つだけ残す、てっぺんの柿の実――確かにその影らしいものが、枝先に丸く……ひと際濃い影を落としています。

番爺は、その丸い影のそばにひょいと飛びおりると「はいはい、ここね」と、よりさんをおいでおいでと呼びました。近づくと、番爺はいきなりポンとよりさんに蟲計りを放りました。

わっ――慌てて受け取ると番爺はにかっと笑って「蟲計りが手伝いますって。じゃあ、ヨーリーン、行ってらっさーい」と、手を振りました。

その途端、手にした蟲計りがカタカタ揺れました。中の死番虫――いえ、時番虫が揃って足踏みするように……キチキチ、キチキチ……という音がひと際高く鳴り響き、そして、ベランダの木守りの影が、水面の渦のようにぎゅるんと回り……。

わあぁ……

よりさんは、木守りの揺らめく影のなかに吸い込まれました。


よりさんは、見覚えのあるようなないようなところにいました。

見覚えがあるのはそこがひなたの教室だから。ないのは、よりさんは、番爺ほどに小さくなって、蟲計りを抱えて窓の枠に止まっていたからです。窓枠から見る教室は、いつもよりキラキラ見えました。

辺りを見回すと、昼休みでしょうか……外で子どもたちが遊んでいるけれど、当番の子が数人残って教室掃除をしています。ひなたの姿はありません。そして黒板には、日付――数日前の日付です。

「蟲計り……時をさかのぼったの？」

その通り、蟲計りはよりさんに、ひなたの謎を見せる気です。

教室に田中先生が入ってきました。ひなたのクラスの副担任で四十歳くらいのルパン三世の銭形警部に似た、髭《ひげ》の濃い先生です。先生は言いました。

「便器をなおしましょう。一階の階段の裏に下ろすのを手伝ってくださーい」

教室の隣にあるお手洗い――何日か前に業者が来て、男子用の小便器を取り替えたのですが、古い便器がそのまま床に積んであります。それを片づけようというのです。

「えー……便器？」教室にいた子たちは、あからさまに嫌な顔をしました。しかもその途端、校内放送が入って田中先生は職員室に呼ばれてしまいました。

「すぐ戻ります。先にやっていてくださーい」と言い残して先生は去ります。

「ええ？　どうする」子どもたちはお互い顔を見合わせました。

「男子でやって」ぷいっと、女子たちが出て行きました。

「ドッヂ行かなきゃ……悪い、任せた」運動神経のいい子たちが逃げ出しました。

教室に残されたのは、男の子が三人。痩《や》せた子二人と、大きくて太った子。三人は渋々、重い足取りでお手洗いに向かいました。

キチキチ、キチキチ……と、蟲計りがまた高く鳴り、あっという間によりさんは、今度はお手洗いの窓枠にいました。


薄汚れた小便器の朝顔が三つ、隅っこに転がっています。これを冴《さ》えない三人が運んだら――それは必ず、後で『えんがちょ』とか『バイ菌』とか、からかわれることになるでしょう。でもやらなければ、それはそれで叱られるでしょう。皆いなくなったと先生に言い訳したら『チクリ屋』と言われるでしょう。男の子達は八方ふさがりで、いっぱいいっぱい。とうとう一人がしゃくり上げ始めました。でもそのとき、ひなたがトイレをひょいと覗いたのです。外で遊んでいて喉が渇いて、マイ水筒を取りに来て、人の気配に覗きました。

「何やってるの?」

「これ、運べっち、先生が言いんさった」大きな子が、顔を真っ赤にして言いました。

「へえ……でも、なんで泣いとっと？」

「持てん」

「ふーん、持てんの？」と、ひなたは、三人を見ました。「ほんとに持てんの？」

「うん、持てん」

ひなたは困ったように口を尖らせました。「どこに運べって？」

「裏階段の下さ」

「わかった」

ひなたは小便器を、よいしょと持ち上げ運び出しました。

ひなたは三人には力がなくて、便器を持ち上げられないのだと思ったのです。

朝顔は三つ。だから、ひなたは、トイレと階段下を三回往復しました。三人はひなたの後をついて、三往復しました。手は触れられないけれど、ひなたに悪いと思ったからです。便器を元気に運ぶ子と、うなだれてついていく子たち。カルガモの親子のようなおかしな行列は目を引いて、一人の上級生が声をかけました。

知った顔です。たかと君。ひなたの一年上の先輩で、グリーンタウンとは公園を挟んだ隣の『風水神社子ども会』の子です。学校の中でも目立つ、スポーツマンの人気者。便器を運ぶひなたを見ると、「おい、便器マン。大丈夫か？」と声をかけました。

「大丈夫？　元気だよ」ひなたはあっけらかんと答えました。

「そっか。じゃ、頑張れ、元気マン」たかと君は面白そうに笑いました。

便器マン……。

そして元気マン……。

あっけらかん……。

キチキチ、キチキチ……蟲計りの音がまた高まりました。


よりさんはベランダに戻されました。でも完全に戻ったとはいえません。

「どうだったー？　面白かったー？」と、番爺がよりさんを見下ろすのは、よりさんのお腹から下がベランダに埋まっているから。ちょうど番爺の登場のときと同じです。ふと、よりさんの脳裏にカギョクに注意された言葉がよみがえりました。

『秋には、足元を確かめないと……水どころか地に沈む』

それってまさにこのことです！

ひやっとしました。

「ありがとう、でもすぐ出して……」と頼んだけれど、番爺は、にやにや。じらします。「もう少し、遊びたいけどなあー」

でもそのとき、死番虫……いえ時番虫が一匹、プーンと飛んできたので、番爺は肩をすくめ「ああ、分かった、分かった、分かりましたよ。それ、ちょうだい」と、よりさんが持っている蟲計りを引っぱりました。おかげでよりさんのからだも一緒にすぽんと抜けました。

番爺は手にした蟲計りを開けます。時番虫がぷーんと飛んで中に入ります。

番爺は、にかーっと、笑いました。

「じゃあね……」

番爺がパチンと、蟲計りを閉めると、パチンと、姿も消えました。

のーん……と、大きな線香花火の先のような、火の雫《しずく》の夕陽が落ちていきます。

辺りは、まるで燃え立つように真っ赤に染まります。暗闇に溶け始めた木守りの影をそっと足で探っても、ベランダの固い床があるだけでした。

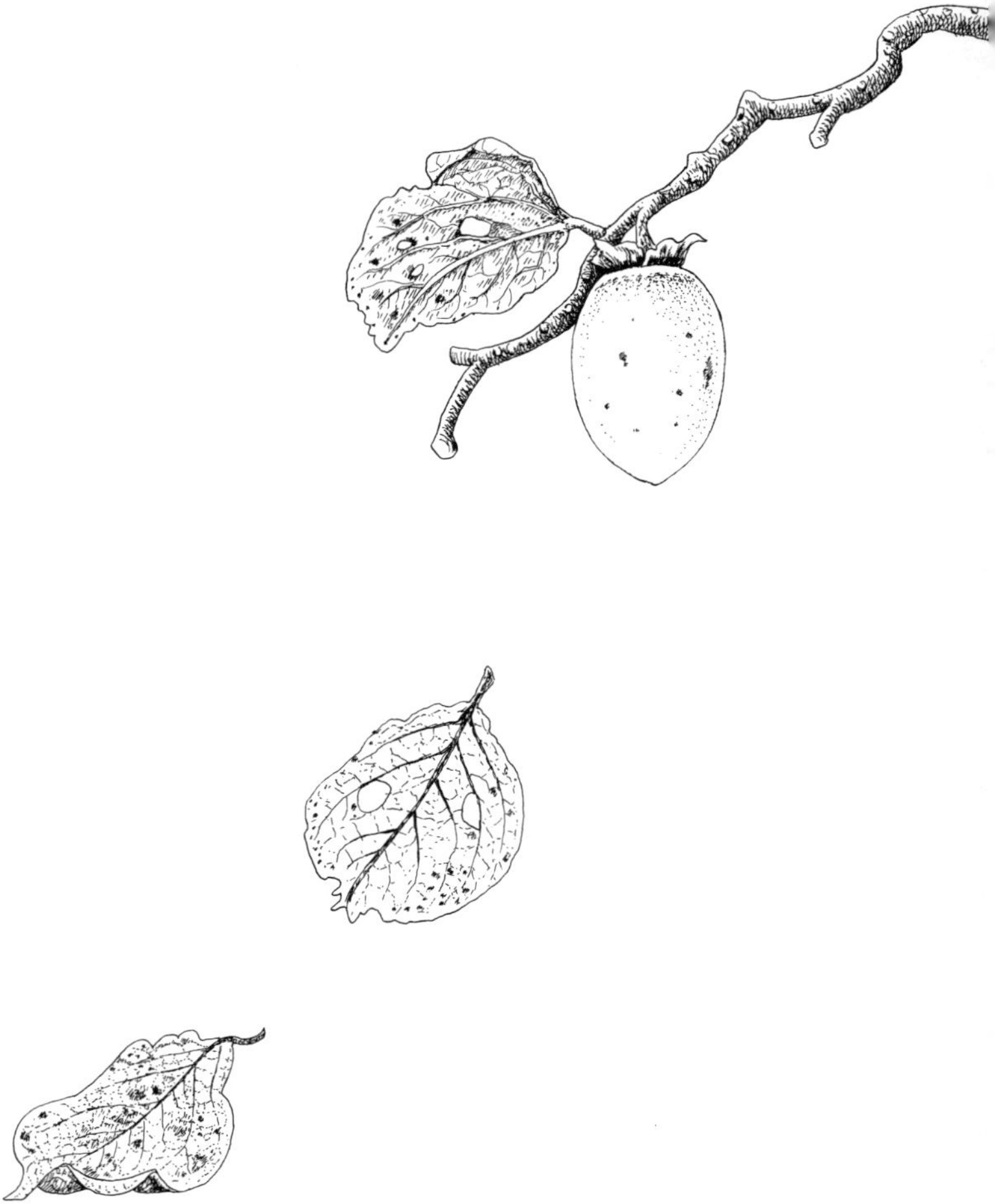

大雪

北風と太陽

その日、よりさんは旗当番でした。お母さんたちが横断歩道に黄色い旗を持って立つあれです。知った顔の子が通って「あ、おばちゃん」と声をかけられると嬉しく、知らない子が素っ気なく過ぎて行くと、ぐんと寒さが身に染みます。

「やっと、おわった」時間が過ぎて身を縮めて家に急ぐと、グリーンタウンの裏のフェンスにある柿の木とレモンの木の幹にゴザが巻かれていました。

「わあ、冬支度。木が服着てる」思わず歩を緩めました。

「いいなあ……」木に服を着せる心遣いに、冷えた心が少し温まります。そして家の前にはすーさまといーさまが、よりさんを待ち構えていました。


「おはようございます。見ましたー。木にゴザ巻いたんですね。あったかそう」

と、よりさんが言うと、いーさまが答えました。

「ゴザじゃなくて、……菰《こも》っていうの」

「コモ？　へえ、冬籠もりのコモ？」

「植物の名前。マコモで編んだ筵《むしろ》だからコモ」

二人の足元には、くるくる巻いた菰の筒がまだたくさんありました。

「それ、これから巻く分ですか？」よりさんが聞くと、すーさまは首を振りました。「婦人部でもらったんだけど、ここ、細い木ばっかりでしょー。余っちゃったからみんなに配ってるところなのー」

「菰は防寒だけじゃあなくて、防虫になるから」と、いーさまが言いました。

「防虫？　ゴザが……？　あ、菰が……虫避けになるんですか？」

そう言えば、夏にイグサのゴザを敷いて寝ると、ダニとかが寄ってこないと聞いたことがあります。そういうことかと思って尋ねると、すーさまが言いました。

「逆よー。菰は虫を集めるの。ハサミムシやらゲジゲジやら……みんな寒さしのぎに入り込むの。だからこれ、使ってー。はい、これ、お宅の分」

すーさまは、菰の筒をよりさんに押しつけました。

「えっ？」でも配られても、二人に見つけられないなら、よりさんにちょうど巻

ける木など見つけられるはずはありません。困惑するといーさまが、

「地面に敷いて。虫が家に入ってこなくなるから」と、ゆきさんの前庭を指さしました。細いシマトネリコの木の後ろに菰が敷いてあります。

「あ……分かりました。ありがとう……」よりさんがお礼を言うと、二人は満足げな顔で、立ち去って行きました。

二人の背中が見えなくなるのを見定めて、よりさんはそっとゆきさんのトネリコの根元の菰をめくってみました。どのくらい前に敷いたのか正確には分かりませんが、そう時間は立っていないはずです。けれど、めくるともう菰の下にはハサミムシが何匹か入り込んでいました。

「わっ……」ちょっとびっくりしてよりさんは、急いで菰を戻しました。

「へえ……菰、すごいや」

家に入ってよりさんは旗当番で冷えた体を温めるために、カフェオレを入れました。そして、それを飲みながら、ハサミムシを図鑑で調べることにしました。

ハサミムシ。

不名誉な不快害虫と呼ばれるものの仲間です。特徴はもちろんお尻のあのハサミですが、写真でまじまじ見るとそれは子どもに人気のクワガタと大差ありません。ハサミがお尻でなく口についていたら――お腹を長くしないで、丸みを帯びてコロンとした姿にしていたら――と、惜しまれます。

そしてハサミムシには結構種類がありました。古代からいる昆虫で、まだ羽を残しているものもいますが、一般にはハサミムシは、ずっと昔に羽を退化させています。肉食で死肉も生きたものも食べます。見た目の怖さはあっても毒はないし、ハサミの力も怪我をさせるほどではありません。けれど相手を挟むとしつこく放さず、ダンスでもするように体を振って相手を弱らせます。

けれど何より驚いたのは、社会性のある昆虫だということです！

ただハサミムシの場合は蟻や蜂、シロアリなど大きな集団とはちがって、社会というより家族――核家族のファミリーのようです。卵を守り、生まれた子たちを抱き、そして最後には、生まれた子どもたちの最初の餌になる種類までいます。

ハサミムシ――英語では、earwig――耳の虫、eardevil――耳の悪魔と呼ばれます。それはハサミが耳のように見えるから……という説もありましたが、体が何かに触れるような狭い所を目指して、ヒトの耳に入り込むからだともいいます。『接触安定』。ハサミムシは体に何かが触れていると、安心、安定するのです。それは家族で身を寄せるハサミムシには、ぴったりとも思え、小さい子を育てている人間の家族も、案外そうだなあと思えました。

そして次の日……。

二日続けてよりさんは、また旗当番に出かけました。

昨日が本当の当番で、今朝はおまけです。本当なら当番は一日だけで、自分の当番が終わったら日誌を書いて、次の当番の人に旗当番グッズを届けておしまいですが、次の人とは面識もなく何度電話をしても繋《つな》がらなかったのです。

夜の十一時になってもかからず、朝早くから知らない人に電話して旗を横断歩道で渡すくらいなら、二日続けてやってしまおうとよりさんは決めました。旗当番は面倒だけれど、大した仕事でもないので『まあ、いいか……』と思ったのです。それはまったくの善意で、そのことで問題が起こるなんて、考えてもいませんでした。

でも、もう当番も終わるころ、真っ赤な顔をしておじいさんが近づいてきました。

頭から湯気が出る……のを実際に見たのは初めてでしたが、本当に頭からぽっぽと湯気が出ています。名前は知りませんが知った顔です。夏の朝のラジオ体操やらの行事でよくみかけました。そしてそのおじいさんは、よりさんの手から旗をもぎ取ると、凄い剣幕でよりさんを怒鳴りつけました。

「何ばしよっとか‼」

大人になって、こんな風に人に怒鳴られるなんてことはありません。よりさんは芯から震えあがりました。さあっとからだから血が引いて、口が渇き、目の前は真っ白——たじたじで言い返せませんが、おじいさんのいうことは実に理不尽でした。

よりさんの次の当番の人は、おじいさんの娘で母子家庭。おじいさんの家――実家で夕食を取るから、家に帰るのは深夜。電話が繋がらないのは当たり前。だからこうした当番やらの学校行事は、全部おじいさんがやっている……。

「皆、わしが立つんを待っちょるのに、恥をかかせる気ね!!」

そんなつもりはありません。おじいさんは、晴れ舞台の主役を取られたかのように言いますが、よりさんは旗当番をやりたかったわけではありません。それにあらかじめ渡された当番表の次の当番の人の欄に、おじいさんの電話番号が載っているわけではありません。近所で有名で、みんなが待ってると言われても、よりさんはまったく知りませんでした。

けれど怒鳴られた勢いに押されて、よりさんはただひたすら謝りました。もう子どもたちは通りませんが、車は通るし、近所の人がゴミ出しに出てきたりもするので、どんなに頭を下げてでも逃げ出したかったのです。

「本当に申し訳ありませんでした」もう旗はおじいさんの手にありましたから、よりさんは日誌の入った紙袋を押しつけて、「失礼します！」と、逃げ出しました。

小走りで角を曲がり、おじいさんが見えなくなると情けなくて涙が出ました。

『そんなの知らないよ！　分かるわけない！』

おじいさんの言うことは無茶苦茶です。一ミリもよりさんに悪いところはないはずです。悔しくて、不意をつかれて栓が詰まったように流れがとまっていた血液が、いきなり体を駆け巡り、体の中で火を焚いているように熱くなりました。

やっとカステラハウスの黄色い壁が見えた時、どんなにほっとしたことでしょう。


グリーンタウンの入り口に、すーさまといーさまがいました。今は話したくありません。よりさんが横をすり抜けようとすると、すーさまが、呼びとめました。

「ねえ、大丈夫？　なんか大場のおじいちゃんに叱られたって？」

「えっ？」

何という情報の早さ——見かけた人が電話で知らせたに違いありません。

「なんか……いつもおじいちゃんが立つから、連絡もおじいちゃんにしなくちゃいけなかったって……」しどろもどろで、よりさんが言うと、いーさまが目を伏せたままぽそっと言いました。「大場さんはいつもそんなだもんね」

「えっ？」

「大場のおじいちゃん、老人会の役員で、ボランティアリーダーもされとるもんね。無視されたって、思ったんでしょうねえ。娘さんも困ったものよね。でもよりさんも、連絡つかないって、相談してくれれば良かったのに」と、すーさまは言いますが、娘さんの名字は大場じゃありません。そしていーさまがきっぱりと言いました。

「謝らなければよかったのに。大場さんが間違っているんだから」

「えっ？」

「自宅の電話がつながらないなら、携帯の番号を当番表に載せるとか、当番の日は分かってるんだから、自分の方から連絡するとかすればいいのに。母親なのに甘え過ぎ。大人なんだから、しっかりしなきゃ。一方的に怒鳴るなんて、大場のおじいちゃんに注意しましょうか？」

「いえ、いいです……もう……大ごとにしたくないです」

よりさんは、いたたまれなくなって、二人を振り切って家に逃げ込みました。すーさまもいーさまも話を聞いて心配してくれたのでしょう。でももう知られているという衝撃の方が大きくて、とてもありがとうという言葉は出ませんでした。


越してきてもうじき一年。だいぶここに馴染んだ気がしていましたが、こういうことがあるとやっぱり余所者《よそもの》だと感じます。あっという間にすーさまやいーさまに、連絡が入ったり……大場さんが有名で、大場さんの家庭の状況も皆が知っているような……そんな密で濃い人間関係……情報網……。どっぷり漬かりたいとは思わないけれど、自分はその外にいると思い知ると、一人ぼっち感に胸が苦しくなり、血がふつふつとサイダーのように弾けて、自分の体が自分の体でないような気がします。寂しさに目も口も鼻もふさがれて、息をするのも苦しくなって。よりさんはソファに横になり、ハサミムシが菰に潜り込むようにタオルケットに潜り込みました。

でもそうしてしばらくすると、

「ばか、やられたな」

タオルケットの上を、とんとんと誰かが叩きました。タオルケットをほんの少しだけめくってみると、拳《こぶし》くらいの大きさのカギョクでした。


「ばか、早く出てこい」と、カギョクは隙間に風の尻尾をさしこんでめくろうとしますが、「いいよ、そんな気分じゃない。放っておいて」よりさんは深く潜り込んで、胸の所でぎゅうっとタオルケットを合わせました。

「何言ってんだ。重症だな。早くしないととんでもないことになるぞ」とカギョクはタオルケットを強引に引きはがそうとしますが、そうされればされるほどよりさんは、「別に病気じゃないよ」と、タオルケットに引きこもります。

でも、カギョクも諦めません。

「いやあ、間違いなく、お前、秋の病気だ。耳道《みみどう》に耳蟲《みみむし》に入られてんぞ。見てやるから出てこい」

耳に虫！

「やだ、何それ！」

よりさんは飛び起きて、慌ててプールで水が耳に入った時にするように、首を傾け、けんけんをしましたが、まったく何かが出た感じはしません。

「ばーか、そんなことしたって、出やしねえよ。見てやるから、ここに座れ」

カギョクは、しゅっとソファの背の上に移り、よりさんを呼びました。よりさんは今まで枕にしていたクッションを抱いて、ソファの端っこに座り直しました。よりさんが体を傾けると、「じっとしてろ。えーっとこっちの耳か？」と、カギョクは、右耳を覗きます。

「どう？」

「あー、いるいる。結構奥まで行ってる。胸の奥の一番しんとした所に入りこまれたら一巻の終わりだ」

「もう、やだ、やだ！　早く出してよ」

でもカギョクは無い肩をすくめて、「出すのは無理だ」ときっぱり言います。

「耳蟲は、出そうったって出ない。出そうとすればするほど、怖がって奥に行く……『北風と太陽』のお話みたいなもんだ」

「『北風と太陽』？」

「自分が出たくならないと出ない。北風と太陽なら太陽……飴《あめ》と鞭《むち》なら飴。面倒臭い奴らだよ」

「えっ？　やだ、やだ、カギョクにも出せないってこと？」

「ああ、無理だね。でも、おい、……ショウショウ……ショウショウ！」

ショウショウなら出せるのかと思って、よりさんは急いでショウショウの姿を探しました。

ショウショウは、ソファの背の向こうの端っこにいました。しかも一人ではありません。ソファの背に腰をかけた、手の平サイズの二人の女の子に挟まれて

――チンと大人しくしています。

「あれ、誰？」よりさんはカギョクに聞きました。

ショウショウの横にいる女の子たちは、大きさを除けば由緒正しい女子校の中学生に見えます。三つ編みで、白い丸襟のブラウスにサスペンダーのついた紺のプリーツスカート。三つ折りソックスに黒い靴。学校の決まりをきっちり守っているような服装で、一人は、ぷっくりと丸く、もう一人は、針金のように細い子です。

「ああ、スーちゃんと、イーちゃんっていうんだそうだ……」

「スーちゃんと、イーちゃん？」どこかで聞いたような名前です。「カギョクの知り合い？」

「いやあ、どっちかっていうと、君のだ。行き場のない親切心みたいな者。あんたの後をついて、家に入ってきて、うろうろしてた」

カギョクが言うには、よりさんについて家の中に入ってきて床にいたのを、ショウショウが餌かと思って近づいたのだそうです。そして何がどうなったのか……。

「ヨーリーン、きもかわいいって分かるか?」と、カギョクは聞きました。「俺は初めて聞いた。ショウショウはきもかわいくて、ぶさかわいいんだと」それは気持ち悪くて、不細工でかわいいという意味です。

二人は、そんなきもかわいいショウショウのビロードの毛並みを、まるで愛馬にするように、優しく指をたててなでていました。ショウショウはまんざらでもないのか、なでられてもぴくりともせず、すっかり懐柔《かいじゅう》されています。

「コブってのは、気難しいもんなのになあ」カギョクはうんざりしたように、ない肩をすくめ、「まあ、あいつらなら、耳蟲もなつく」と言いました。

「あの子たちなら、耳蟲を出せるの?」

ショウショウではなくて、『太陽』のやり方ができるのはあの女の子たちなのだと、得心してよりさんが聞くと、カギョクは、ああと頷きました。

「耳蟲ってのは寂しさを食うんだ。でも食えば食うほど、自分も寂しくなって、寂しくなるとまた腹がすく。もっともっと食いながら、奥に奥に入り込む」

「……」

「でも、あいつらは親切心の塊。そんな耳蟲、放っちゃおかないっていうわけさ」

カギョクはショウショウを、もう一度呼びました。

「おい、ショウショウ、ショウショウ！　お嬢さん方の出番だ」

スーちゃんとイーちゃんは、はっとしたように顔を向けました。

カギョクは、よりさんの右耳を指して「こっちの耳だ。お嬢さん方、見てやってくれ。寂しがり屋の耳蟲が入り込んでる」と、自分はすっと遠のいてよりさんの左の肩に移りました。

「寂しがり屋の耳蟲？」

聞いた途端に、二人はぱっと立ち上がりました。ソファの背を、土手を走るように、よりさんとカギョクのいる側まで走ってきて、背伸びして手を伸ばします。

まるでそこに宝ものがあるように、顔を輝かせてよりさんの耳を見上げます。

「寂しがり屋の耳蟲がいるの？　そこに？」

「それは大変、出さなくちゃ」

「私たちが世話してあげる……寂しくなんかないように」

使命感に打ち震え、目がキラキラしています。

「その子はまだ小さいのかしら？」

「それとももう、大きいのかしら」

「多分、今ん所は、まだ小さい」カギョクが、よりさんの頭越しに答えます。

「赤ちゃん？」

「赤ちゃん？」

「ああ、多分……」カギョクがいうと、二人はこそこそと内緒話の耳打ちをして、何か相談をしました。そしてきっぱりと、言いました。

「なら、お包《くる》みがいるわ」

「お包みはあるかしら？」

「お包み？　そんなもん、あるか？　ヨーリーン」

「お包み？」よりさんは慌てて辺りを見回しました。タオルケットくらいしかありません。「これじゃあ、大き過ぎるわよねえ」

するとスーちゃんとイーちゃんは、にっこり微笑《ほほえ》みました。

「それで十分」

「畳めばいいわ。畳んでちょうだい」

「半分に折って」

「半分に折って」

「折って、折って、折って」

よりさんは言われるままにタオルケットを畳みました。不思議なことにタオルケットはどんどん畳めて――畳めば畳むほど小さくなって――ハンカチほどになって、ちょうどスーちゃんとイーちゃんには手ごろなお包みのサイズになりました。


「ちょうどいいわ」

「ちょうだい、ちょうだい！」

言われるままによりさんは小さくなったタオルケットを渡すと、「耳蟲を見せて、見せて」と二人は言います。

よりさんはソファの背にもたれて、耳蟲がいるという右耳を二人に傾けました。

二人は爪先立って代わる代わる耳を覗きこみます。

「いた、いた」と二人はにっこり微笑《ほほえ》みました。

「おいで、おいで」

「だっこしてあげる。ほら、お包みがあるよ」

「こわくないよ、ずーっとそばにいてあげる」

二人が呼びかける息がふわふわ耳に入って、くすぐったくなります。よりさんまでふんわりした気持ちになってきます。

「そばにいるよ。いつもそばにいる」

「大丈夫、大丈夫、出ておいでー」

二人の声はすーっと耳を通り、体の奥に染みていきます。ひだまりで日向ぼっこをしているように、胸の中のわだかまりがほぐれていきます。

冷えていたところに、日がやわらかく注いでうっとり眠くなるような……。それで思わず目を瞑《つむ》ると、かすかに耳の中がくすぐったくなり、ほろっと、何かがこぼれ落ちました。

「出た。じゃあな」

カギョクの声がして目を開けると、よりさんはソファで一人でした。


夕方、新聞を取りに出ると、いーさまが買い物に行くところでした。いーさまは、一度よりさんの前を行きすぎて、それから戻ってきました。

「言っといたから。大場さんの娘さんに。当番表があるんだから、前の日に家で電話が取れないなら、前もってあなたから連絡するのが筋でしょうって。大ごとにしたくないいって言ってたから、娘さんに直《じか》に言っておいた」

「えっ？」

「ちゃんと言っといたから。もう、大丈夫だから……」と、それだけ言うといーさまは何事もなかったように、すっとした顔ですたすたと歩き去りました。

よりさんは、はっとして、大きな声で叫びました。

「あ、ありがとうございます！　ほんとに、ありがとう‼」

冬至

姿はうたかた

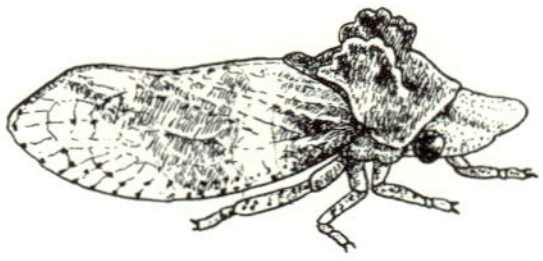

寒くなって、生活が地味になりました。

中学のころ、温度が下がると分子が運動しなくなる――そんなことを習いました。

熱くなると分子が運動を活発にして、気体に。

そこそこの温度だと、液体。

そしてもっと下がると固体。

その法則は今に当てはまり、寒くなった今は、周りの空気も木も草も何もかもが、固体化して、身を寄せ合い、縮みあがっています。よりさんはくれぐれも虫好きではありませんが、いきなり驚かされるどころか、一匹の姿も見かけないというのはそれはそれで物足りないのでした。

驚きやわくわくが足りない毎日……。

ちょっと虫が足りない感じ……。

もちろん寒いなりの発見もあります。夜になると空気の冷たさは鋭利な刃物のようで、歯を食いしばって見上げると、月が固い鏡のように澄んで見えるし、朝は地面が固く凍って、遣り水からは白い煙が上がります。けれどどれも、虫を見てびっくり跳び上がるというタイプの驚きではなくて、静かなしんみりした大人のたしなみのような発見です。どきっと胸をうたれはしても、驚きのあまりヒトを呼びに走るとまではいきません。

それに、年末のこの時期、他の人は声もかけにくいほど忙しそうです。よりさんは今年は実家にも帰らないし、子どもたちもお節料理は嫌いだし、大掃除をしても、しているそばから汚れるに決まっているし――特別にすることはありません。でも他の人は新年を迎える準備やらで、寒さに背を丸めながらもせわしなく動いて、夜でも多分、月を見上げる暇はなさそうです。自分だけ、ぶらぶらしているのも、家にうだうだこもっているのも後ろめたい気になりました。

そこでよりさんは、今日、布団を干しました。力のない冬の日差しでは、干すというより、風を通すだけ。二階の寝室の窓の柵に布団をかけただけの仕事とも言えない仕事ですが、何もしないよりはましです。

その布団を、昼過ぎに取り込んだときです。

畳もうとした布団に、よりさんは一つ――小さなトゲを見つけました。大きさも形も、薔薇《ばら》のトゲのような――大型のペルシャ猫とかの洋猫の折れた爪先のようなものです。

「あら、危ない……」何気なく、捨てようとしてつまんでよりさんは「えっ?」っと手を止めました。カチッとした手触りだけれど、トゲとは違います。

まじまじ見ると……。

「……虫!」

よりさんは直《じか》に虫に触ってしまったと慌てて、寝室の棚からティッシュを一枚取って、てのひらに広げ虫を移しました。

虫は動きません。

虫の死骸？

つまんだ時に、潰して殺してしまったのでしょうか？

しばらく様子を見てみましたが変化はありません。時折見かける死骸のように足をきゅっと折ってもいません。死んでいるのか生きているのかよくわかりません。少なくとも急に跳ねとんでくる相手ではなさそうだったので、よりさんは少しだけ、顔を近づけてみました。そして、よりさんは、あっと息を飲みました。一センチにもならない小さな虫が、とてもおかしな姿をしていたからです。

「わ？　何？　耳がある！　ミミズクみたいだ……」

ミミズクのような耳のある虫――よりさんの好奇心のスイッチが入りました。

よりさんは、布団を畳みもせずにほっぽらかして、ティッシュで虫を包んで台所に駆けおりました。そして虫めがねを出して、ティッシュを広げ、虫をまじまじ見ました。

「やっぱり耳がある！」

すぐに図鑑を開いて、よりさんは、虫の正体を見つけました。

ミミズク！

驚きです。本当にミミズクと、いいました！

鳥のミミズクは、兎《うさぎ》のような耳をして、木に止まっているから、木菟《みみずく》。――といっても、兎の耳というよりヤマネのような耳だけど。虫のミミズクは、耳のある蟬《せみ》のようだから、耳蟬《みみずく》。――といっても、セミではなくて、カメムシやバナナ虫の別名を持つヨコバイの仲間です。よりさんは思わず顔を上げて、シンクの上の戸棚を見ました。そこには引っ越しの餞別《せんべつ》に、いとこにもらったススキミミズクが下げてあります。よりさんは、ススキミミズクに報告しました。

「虫にもミミズクがいたよ……」

もちろん耳蟬の耳は本当の耳ではないでしょうが、じっくり聞こうという静かな意志が感じられます。

最初に目を引くのは耳ですが、よく見るとクチバシも魅力的です。ミミズクは、耳だけでなくクチバシまで持っているのです！　鳥のミミズクやフクロウのような猛禽類のクチバシとは違います。ペリカンやアヒル……いえ、カモノハシのようなクチバシで、困ったようにきゅっと閉じています。食べるとかつつくとか、そういうことより、きゅっと結んで黙っているクチバシです。

耳を開いて、口を閉じる……そういう姿をしています。

色は地味。濃い琥珀色です。鉱物のような固さではなく、べっ甲飴《あめ》のような繊細な固さ。全体はごつごつして、サイ――絶滅危惧種のスマトラサイを思わせます。

羽は繊細で、丁寧な職人の仕事のような翅脈《しみゃく》が走っています。羽の縁に点々と濃い色が散っていて、それはスペインのお婆さんが編みあげるような、ベールのレースのような風情です。それを普段は広げもせずに隠しているのです。

性格は至って穏やか。

何か異変を感じると、薔薇の木のトゲのように木の一部と化して、危険が過ぎ去るのを待ちます。目立たないことが、小さくて戦う手立てを持たないミミズクには重要なのです。

そしてこの控え目な性格は、恋に極まります。ミミズクの青年と乙女は、数センチ距離を置いたところで数日見つめ合ってからつがう——と、さらりと図鑑に書いてありました。でも、そんなさらりというべきことではありません。

もともと数も少ないミミズク……。

こんなに小さいミミズク……。

長くはない一生……。

こんな広い世界の中で、同種の相手と出会うこと自体奇跡のようなことなのに、奥ゆかしく、丁寧に自分の一生の多くの時間を出会いに費やすのです。

「もったいないなあ……もう少し大きければ……」よりさんは思わず呟《つぶや》きました。

これだけキュートなら、もしもっと大きくて人目につけば、クワガタやカブトムシ以上の人気者になるのに——と、思ったのです。

「みんな、ミミズクを知ったら、きっと大好きになるよ」

自分で口にしてから、よりさんは思わず苦笑いをしました。自分が虫のことをこんな風に思うなんて、一年前には考えもしませんでした。けれど、冬になって久々に出会った小さな虫の不思議な姿に、よりさんは心が躍りました。そして突然この小さな虫をスケッチしたくてたまらなくなりました。

絵は嫌いではないけれど、スケッチをするなんて久しぶりです。何で写真でなくスケッチなのか、自分でもわからないけれど、どうしても描かずにはいられません。

小さくてひそやかなミミズク。

耳は、一番微《ひそ》やかな音を、拾いたいと思っているのです。

口は、一番微やかな無声の声を、届けたいと思っているのです。

羽は、一番微やかな出会いの場所に、一刻も早く飛んで行き、一番微やかに舞い降りるためにあるのです。

全ては一番微やかな者のために、自分も微やかにあるために……。

そんなミミズクの形をできるだけ漏らさずに絵にしようとしたら、よりさんの絵はおかしなバランスになって行きます。パラボラアンテナのような耳。『かわいいコックさん』のような口。ごちゃごちゃしたゴシック調の重そうなレースの羽。固い鎧《よろい》の体。迷彩服のような頭のまだら。むっちりというより平たい太もも。ポチンと奥まった目。でもどんなにおかしくても、何かに取りつかれたように、よりさんは描く手をとめることができませんでした。

出来上がった絵はそれでも思った以上に変で、よりさんはかなりがっかりしました。『みんな大好きになるだろうなあ……』と思ったのに、これではまるで奇妙な怪獣……。絵を描くのに、ミミズクのかなりの時間を使ってしまっていました。これ以上引きとめることはできません。諦めるしかないと、よりさんはミミズクをベランダに連れてでました。
「ありがとう……」と囁《ささや》いて、よりさんは、相変わらずじっとしているミミズクを、ベランダの柵に乗せようとティッシュから用心深くつまみました。

その瞬間、じんと電気が走るような感覚が指先から走りました。

虫を直《じか》に触ったからです。

誰でもない、よりさんが……です。

ミミズクを見つけた時は、触ったけれど虫と思っていなかったから。でも今は初めて——人生で初めて——虫とわかっていて、触りました。アリや蚊……ダンゴムシくらいなら、触ることはあります。でも、今まで飼った虫たちでさえ、手は触れないようにしてきました。

でもこの小さなミミズクを、ティッシュから振り落とすなんて考えられなかったし、ティッシュごとおいたら風にあおられて地面に叩きつけられるかもしれません。それは大事な者にする当たり前の配慮。自然に手が出ました。

ふっ……と、よりさんはため息とも笑いともつかない息をもらしました。

我ながらびっくり。いつの間にか、虫が身近です。

柵の上に置くと、ミミズクはコロンと転がり落ちることもなく、かといって、ぱっと飛ぶわけでも歩くわけでもなくじっとしています。

ヒトが見ている間はそうなのだろう——そう思いました。

「ありがとう……」もう一度囁いて、よりさんは、家に入りました。

戻ってくると、台所のテーブルでショウショウとカギョクが待っていました。

二人はよりさんの絵を覗き込んでいます。

「なかなか、いいじゃないか」とカギョクが言いました。

「やだ、見ないで……意地悪」下手くそで、歪んでいるのはちゃんと自覚していたので、よりさんは耳まで赤くなって紙を裏返しました。でもカギョクは言います。

「本当にいいと思ったんだ。本物より本物らしい」

「それ、本物と違うってことでしょ」

「正確なのが正しいってわけじゃない……全体を本物らしく描こうとしたら、あちこち歪むもんだ」と、カギョクは真顔です。「虫の言葉も人の言葉に翻訳したら、空想《ファンタジー》になる。絵だってそうだろ？　これは本物より本物らしいよ」

そしてカギョクは、よいしょと弾みをつけてよりさんの肩に上がりました。

よいしょ――。

風でできているカギョクにしては、随分重そうでしんどそうです。

「あれ、大丈夫、カギョク？　具合悪いの？」よりさんは思わず聞きました。

「いや、大丈夫。体が重いのは順当なことだ。冬にはそうなる……私の姿はうたかただからね。うつろうものだから……」

そして、ふうと、しんどそうに息をついて、カギョクは続けました。

「もうじき、私も凍るってことさ」

どきんとしました。

「カギョク……まさか、それってどこかに行ってしまうってこと？」

すると、カギョクは、ふっと笑って、ない肩をすくめました。

「いや、行かない。っていうより、行けない。凍るんだから」

「そんな……」

カギョクは風の塊です。大きくなったり、小さくなったり、薄くなったり、濃くなったり――自由自在に変われることは何度も見てきました。それが凍るということは、気体が固体になるということ。カギョクのそもそもが変わってしまうということです。

「どうってことないさ。大地が凍り、木も花も水も虫も凍る……それは当たり前で、そしてとても大切なことだ」

「冬眠するってこと?」

「ああ、深い眠り。結局のところ一度死ぬ。前にも教えた……」

確かにそんなことを出会った時にも聞きました。『皆一度、冬に死ぬ。でも死は恐れるに足らぬ……通る道で、始まり。大事なのは死に場所だ』。でも皆が死ぬということと、目の前の大事なカギョクが死ぬということは、まったく別のことです。

「やだ、そんなの……だったら温める。暖房をいつも入れておく」

「やめてくれ。一度凍るのは必要なことだ。越冬蛹《さなぎ》も、蛹の中で、幼虫はどろどろに溶け、凍る。それで初めて春に蝶になるスイッチが入るんだ。もし凍らなければ……どろどろのまんま、蝶になることなく、終わる」

そういってカギョクはテーブルに降りました。ことんと、固い音がしました。肩にいる間にも、カギョクは少しずつ固く小さく締まっていたのです。ひょいと跳び上がるのもしんどいのか、カギョクはよりさんを振り返りました。

「さ、ショウショウの背中に乗せてくれ。体がきしんできた……」

「そんな……」

よりさんは急いで手を伸ばし、両手でカギョクを包みました。カギョクは手の中でくるくる回りました。

この感触、温度、密度……かすかな匂いと声……。

手の中で、少しずつ、固くなっていくのが分かります。

「でも遠くにはいかないんだよね？」

「ああ、君が思うより、うんと近くに」

「心配しなくていいのね？」

「ああ……もう、いいか？」

「あ、ごめん……」小さいものを留めるのは無理なのです。

よりさんは、カギョクをショウショウの背に乗せました。

目を瞑《つむ》る気などさらさらありませんでしたが、ヒトは瞬《まばた》きをするものです。そしてたった一回の不用意な瞬きの間に、カギョクとショウショウはテーブルの上から消えていました。よりさんは、ミミズクのようにぎゅうっと口を結びました。でないと……泣いてしまいそうでした。

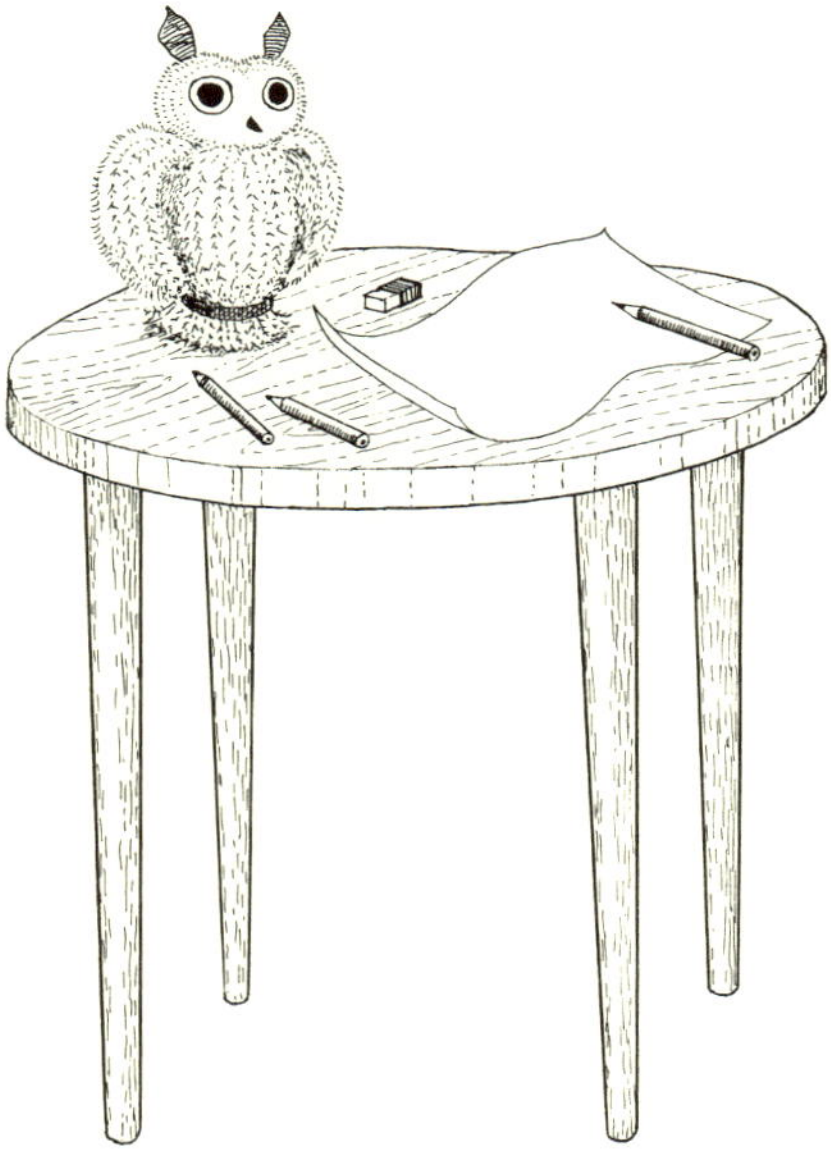

小寒

山のもん、里のもん

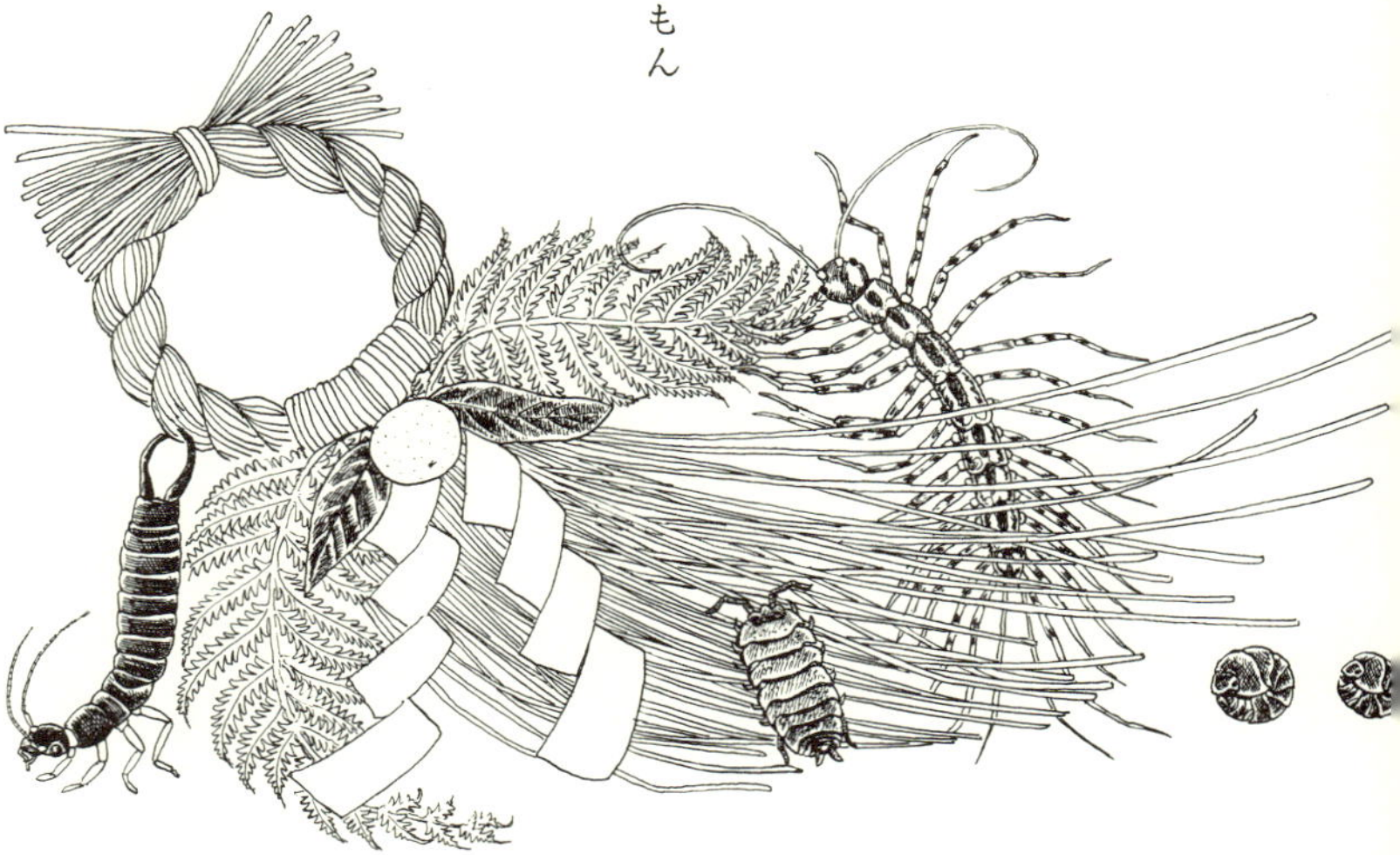

ピンポン――

玄関のベルが鳴って、たかと君がやってきました。この間、ひなたを便器マンとも元気マンとも呼んだ先輩です。風水神社子ども会の会長の染物屋さんの子で、六人兄弟の末っ子……面倒見のいい先輩で、今日はひなたと二人、北山《ほくざん》に菰《こも》を納めに行くのです。秋の終わりに、木に巻いたり地面に敷いたりした菰を集めて。

「菰を山に納めるなんて全然知らなかった……。そういうものなの？」

「うん、普通は神社に納めてどんど焼きで焚くったい。知らなかった？」

「どんど焼きは、知ってるけど……菰も燃やすなんて。だって、虫はどうなるの？　死んじゃうよ？」

「そうよ、おばちゃん、虫を騙《だま》して集めて殺すったい。普通はね」と、たかと君はにやっとしました。「でも、山のもんば山に返すのに、わざわざ燃やして煙にせんでよかろう？　生きとるもんは、生きたまま返せばよかっち、父さんがいいよった」

「へえ……そうね」

ここら辺りでは、石をめくるとまるで『火事だ！　火事だ！』と慌てて騒ぐように見える小さな虫たちを、まとめて『火事虫』と呼びます。冬の始めに木に菰を巻くと、火事虫のハサミムシやらゲジゲジやらが寒さ凌《しの》ぎに入り込みます。どんど焼きは、正月飾りや、一年前にもらった御札やお守り、破魔矢《はまや》を焚き上げるものですが、菰もこの時燃やして、虫も燃やして駆除してしまうというのです。けれど、草木染めの染織家でもあるたかと君のお父さんは、殺生を良しとせず、どんど焼きの前に菰を納めて、虫を逃がしてこいと、たかと君に言いつけたのです。

「うん。で、風水神社の子ども会の菰、父さんとはがしよったら、ひなたが寄って来て、ならグリーンタウンの分、自分が一緒に持ってくっち、言いよった」

「へえ……そうね」――と、話していると、ひなたが勢いよく、バタバタと二階からかけ下りてきました。

「お待たせー……あれ？　菰は？」

「ばか。外よ。火事虫、家にこぼれたら、おばちゃん、嫌よねえ？」

「そっか」と、ひなたが靴を履く間に、よりさんは、「ちょっと待って」と、急いでお茶のペットボトルを持ってきて、一つをひなた、もう一つをたかと君の背中のリュックに入れました。

「これ、持ってって」

「ありがとうございまーす」

「行ってきまーす」

「うん、行ってらっしゃい、気をつけてね」

玄関の階段の下に置いた黒い大きなビニール袋を、サンタクロースの袋のように背負って二人は出かけて行きました。


大通りに入ると、たかと君が言いました。

「ひなた、夜に山に一人で入っちゃいかんっち、知っとう？」

「しらん」

「じゃ、山ん爺《じい》って、知っとう？」

「分からん。山姥《やまんば》なら知ってるけど……山姥のだんなさん？」

「ああ、山の管理ばしよる。ほら、山ん中の木に赤い紐、縛ってあるろ？」

「あ、うん……」

「あれ、山ん爺の仕事ぞ。山の木の数を数えてさ、十本目を赤い紐で縛って、数取りの印にすると」

「へえ……」

「けどさ、山ん爺は恐ろしく年寄りだから、暗いと目がよう見えんって。それで人が夜、山ん中をうろうろしとるとさ、人も一緒にくくりよる。したらもうだんだんに人も木になって、家に戻れんようになるけん、夜、山に一人で行ってはいかんったい」

「そうなの？　でも、今は夜じゃないけん、大丈夫やろ……」

そんなことを話しながら、五分少し歩いて、二人は北山の麓《ふもと》につきました。コンビニと本屋があって、ちらほら人が出入りしています。大きな鳥居があって、そこから先が参道です。

「行くぞ」

「おう」

ひなたとたかと君は、頷きあって鳥居をくぐりました。

参道は上り下り一車線ずつのアスファルトの道で、両端に歩道用のラインもある大きな道です。頂上の神社近くまでは車で行けるけれど、鳥居から先、頂上までは民家やお店はありません。急斜面を削ってできた急な道でもないので、ガードレールはなく、道と山がなだらかにつながっていてすぐ脇に木々がわさわさと茂っています。ところどころに本道からそれる細い脇道があって、その先には八百《やお》よろずの神を祭る祠《ほこら》があります。でも二人は本道を駆り立てられるようにずんずん上っていきました。使命感が、まるで龍を退治に行く英雄のように膨らみます。

「先輩、置いてくる場所は決まってるんですか？」

「ああ、頂上じゃなくって、どっか途中の人がいないところに広げてこいって」

「人のいないところね……」ひなたは辺りを見回しました。

さっき一台車が通りましたが、二人のほかに参道を上がる人はいません。でも、人の気配がないなと思って目を配ると、脇に迫る木々の後ろに人影が横切ったり、大木の根元にかがんでいる人が見えます。

「先輩、結構いるね、人」

すると、たかと君はちらっと茂みを見て、ふいに速度をあげました。

「早く行こうぜ」

今、たかと君がちらっと見た視線の先にも、うずくまる人影が見えます。

「うん……ねえ、あの人たち、何してるんだろうね？」

ひなたは急いで追いかけながら話を続けようとしますが、たかと君は、

「馬鹿。黙って歩け。きょろきょろすんなって」と、やけに素っ気なく言って、

足元をジッと見つめて、今までになくスピードをあげます。

「え、何で?」

「何ででもくさ、黙れって」と、もう歩いているというより走るようです。口を開くと、冷たい風が喉に入ってひりひりするので、黙るしかありません。そして、山の真ん中を過ぎたころ、突然たかと君は脇道にそれました。

「ここ、入るぞ」たかと君はひなたの腕をつかんで、グイっと引きました。

山脇のお稲荷さんか何か、小さな祠に続く道です。

「わかったけど、先輩、そんなに引っぱらないでよー」

「黙れ」

「先輩ーっ……」

たかと君は、思いつめた顔で、ぐんぐん脇道を進みます。いくつもの小さな鳥居をくぐって小さな祠の前で、ようやくたかと君は足を止めました。ポンと袋を置くと、たかと君は祠に向かってパンパンと拍手《かしわで》を打ちます。

「ひなたも早くやれや」

「あ……うん」ひなたも袋を置いて横に並びました。

「ちゃんと祈れよ」

「何を?」

「祟《たた》られないようにさ!」と、たかと君は手を合わせました。

「え?」

「人さ。ひなた、気づいてない? 人はどこを歩くよ」

「道?」

「今まで会った人は道におった?」

「えっ? あ、違う」言われてみれば、現れる人は、誰も道でなく、道端の木陰にいました。

「……どこにおらっしゃったよ?」

「どこって木のとこ。あっ!」ようやくひなたにもわかりました。

「赤い紐が縛ってある木のとこだ! 先輩、あれ、山ん爺!?」

「いや、木にくくられた人の霊の方やろ」

「えっ、おばけってこと⁉」

「分からん」たかと君がまたぎゅっと手を合わせたので、ひなたも慌てて、ぎゅっと手を合わせました。

「先輩ーっ、ここにおいて帰ろうよ」一気に怖くなってひなたが言うと、

「……だな。ここで袋、開けてしまおう」

二人はお尻に火が付いたように、ビニール袋に飛びつきました。

でもその時――祠の後ろから、ひょっと一人の男の子が顔を出したのです。

「おい」


うわあっ！

二人は、びっくりして叫びました。

わあっ！

――と、男の子も叫びました。「びっくりした。急に叫ぶなよ」

変な子でした。年は二人と変わりませんが、妙に古臭い子です。甚平のような

麻の服を来て、ゴワゴワしたチョッキを着ています。似ているものが思い浮かぶとしたら、絵本に出てくる浦島太郎のようで、髪を後ろで縛っています。けれど、二人の叫びに驚いたところを見ると、霊ではありません。

「き、急に出てくるからさ。お前は誰だ？」と、たかと君が言いました。

「お前らこそ、なんだ。誰だよ」

「俺はたかと、こいつはひなた。お前は？」

「山若《やまわか》」

「山若……こんなとこで何してんだよ」

「お父《とう》を捜してんだ」

「お父？　君、お父さんを捜しているの？」ひなたが聞きました。

「そうよ。お前ら、オイのお父、知らん？」

二人は、ビニール袋にかけた手をとめて顔を見合わせました。

「お前のお父って、どんな人よ？」たかと君が聞きました。

「オイによく似とう」

二人は、ここに来るまでに見かけた人の中に山若が捜しているお父らしき人がいたか、頭の中を探りましたが、顔までは思い出せません。

「人には会ったけど……わからん。なあ、ひなたは？」

「わからん」

「残念。どこに隠れとるんやろう、お父」山若は、ふうとため息をついて、祠の横から出てきました。そして二人のすぐ近くの石に座ると、横の石をさして二人に座れと誘いました。山若が、あまりにも山に馴染んで、ふたりは山若の家に来ているような気になったので、言われるままに座りました。

「なあ、お前のお父、何で隠れとるん？」たかと君が眉をひそめて聞きました。

「お母《かあ》が戻ってくるんで、隠れとんのよ」

「なんで、お父がお母から隠れんの？」たかと君が聞きました。

「知らん。怖いからやろ」

「お母さんが怖い？　そんなことってある？　子どもみたいだ」ひなたは吹き出しましたが、たかと君は馬鹿だなあとひなたを笑いました。

「ひなた、お前、何にも知らんね。大人の夫婦には、そういう夫婦もおるんよ。おっかない母ちゃんて、おるんよー」

「ふーん。そうなの?」

「うちのお母も今朝怖かったぞ。家ん中にヤモリがおったから、逃がそうと思って捕ったったい。そしたらヤモリの尻尾が切れて……大事な家守り《いえもり》様に、何ばしよっとって、がば怒られた」たかと君はそう言って、山若に聞きました。

「お前のお母もそげん?」

「普段は優しいよ。けど筋が通らんとか、考えが足りんで段取りが悪かったりすると滅茶苦茶怒りよる。そんときゃもう……」山若はブルっと体を震わせました。

「……鬼ばい。首根っこ摑まれたら絶対逃げられん。もうお父は相当やばいったい」

「何ばしよったと? お父……」

「せん。……せやけん、いかんったい。山を見回るときも、ぶらぶら、風雅に歩いとるだけやもん。今晩、お母が戻るってなって、はっとして、いろんなもんが盗られとるって言い出したったい。そんで、焦って隠れよる」

「それ、大変じゃない。泥棒？　何を盗られたの？」ひなたが聞きました。

「わからん」山若は、肩をすくめました。「けど、盗られたもんは取り返さんといかん。盗った奴も捕まえんばいかん……って。そんなん、お母が帰ってくる前にしとかんといかんって、分かっちょるのにさ、お父は今朝になってバタバタして、もう間に合わんーって逃げ出した。捜し始めるのが遅いさ」

「大変だねえ」

「な？　でもオイも捜さんといかん。盗られたもんも、お父も。道端の木のもんに、オイも聞いてみるったい」

「道端の木のもん……」ああ、あの人たち、やっぱりおばけじゃなかったんだと、ひなたはちょっとだけほっとしましたが、もう一度思い浮かべようとすると顔も何もぼんやりして、ちっともはっきりしないのでした。

「オイ、もう行くけん、お父、見かけたら、山若が探しちょったって言っとって」と山若は立ち上がりました。

「うん、僕たちはこれが済んだら、帰るけん。帰り道に、気をつけて見とくったい」と、たかと君が請け合いました。

「ありがとう」山若は祠の裏の方に歩き始めました。

「おいたちも、早く済まそう」二人も立ち上がりました。

「あ、これ、ここに返してもよかろ？」

ひなたは、祠の裏の茂みをかき分けていく山若の後ろ姿に孤のことも聞きました。もうすっかり、山のことは山若に聞かないといけない——そんな気持ちになっていたからです。

「返す？」行きかけた山若が足を止めました。山若は茂みから駆けもどってくると、じっとビニール袋を睨みつけました。

「それ、何が入っとっと？」

「孤ったい。火事虫が付いとるけん、ここら辺で逃がそうかって……あ、ここが駄目なら、もう少し上に……場所を探すけど……」たかと君は言いかけて、言葉を飲み込みました。山若の顔色が、どんどん真っ赤になって凄い形相になってきたのです。

ううう……山若は、変な唸り声を上げ始めました。

ううう……ううう……ううう……

唸りながら、二人を押しのけ、乱暴にビニール袋を引き裂きました。

「うっ！　火事虫……」

ぶわーっ!!

その途端、風神の風袋が開いたように、ビニール袋から風が舞い上がりました。子どもの腕ほどもあるハサミムシやら火事虫たちが、風とともに吹き出します。

「火事虫!!」

もう一度、山若が叫びました。さっきまでとはうって変わって、荒々しい声です。縛っていた髪も解けて、メラメラ燃え立つ炎のように逆立ちます。

「山のもんは、山のもん！　盗られたもんは、取り返す！　盗った奴は、お父が……」

山若は、言葉を切りました。一瞬困った表情が過《よぎ》ります。けれど、言い淀《よど》む山若の言葉を引き継いで、世にも恐ろしい禍々しい声が頭の上で響きました。

「捕まえちゃる！」

しゃがれて、野太い男の人の声……その声がするやいなや、周りの木が豹変《ひょうへん》しました。一斉に枝を伸ばして、細い枝先や蔦《つた》をふるって、二人に向かって巻きついてきます。

「うわあっ‼」

「うわあっ‼」

逃げようとしても、足元も蔓《つる》や枯れ草に絡まれて動けません。二人はぐいんぐいん、蔦に体を縛られていきました。絶体絶命！

やっとわかりました。

山若は、山ん爺の子ども。

禍々しい声は山ん爺の声。

山のものを盗った者は、木にされて一巻の終わり‼

けれど、二人が、もうだめだと思ったそのときでした。

「なんばしよっと！　あんたたち、ばかじゃなかね‼」

山ん爺の声もはるかに凌駕《りょうが》する、今までの誰よりも強い女の人の声が一喝しました。どこから来たのか——どっしりした、いかにもおっかさんという風体《ふうてい》の女の人が、祠の前にドーンと立ちはだかり、何の躊躇《ちゅうちょ》もなく、太い腕を、ぶんぶんと振りまわしました。二人を巻いた木の腕があっという間に振りはらわれて、ハラハラ……しゅるしゅる……、枯れ葉を散らしながら、慌てふためき、縮みあがって元に戻っていきます。

「この子らん背中に、里の印があるのがわからんとかっ⁉」と、山若の後ろ頭をぽかりとはたきました。

うえっ……

山若は、踏まれたカエルのように呻き、頭を抱えて祠の後ろに駆け込みました。

女の人は、仁王立ちして天を仰ぎます。

「あんたも隠れてないで、出て来んしゃいっ！」

でも、怒られるのが分かっているのに出て来る者はいません。

うへぇぇぇぇっ！

頭の上の声の主は首を絞められたカラスのような声を上げ、ガサガサ木々の梢を蹴って、すっ飛んで逃げて行きます。

「……ったくもう……逃げ切れんからね！」と女の人は、天に叫ぶと、ふっと息をついて、ひなたとたかと君に急に優しい顔でニィと笑いました。

「すまなかったねえ、怖がらせて。また山若と遊んでやってな。それにしてもうちの宿六《やどろく》、目をどこにつけてんだか、ちょっとしめとかんといかんね……」

女の人は、二人の頭をぐりぐりとなで、それから、どんと背中を押しました。


どん……

気づくと、二人は、山の麓の鳥居の下に立っていました。二人は黙って、顔を見合わせました。今あったことは、人に話しても分かってもらえないとわかっていました。でもそれが本当にあったことだとも、わかっていました。

それは二人だけの秘密——とても大事な秘密。

ぴゅうーっと、冷たい木枯らしが山の上から二人に吹きつけました。

「帰ろう……」首をすくめて、たかと君が言いました。

「うん」ひなたが頷きました。二人はそれ以上何も語らず、けれどしっかりした足取りで家に向かい歩きだしました。

夕日に照らされたひなたの背中のリュックには、ショウショウが寒そうに身を縮こまらせて、しがみついていました。

たかと君の背中のリュックには、尻尾の切れたヤモリが一匹、やはり寒さに身を縮めてしがみついていました。

それこそが里のものの印。二人を守った家守りです。

大寒

素朴と静寂

冬が極まります。
何もかも、凍っています。
心細い限りです。
冷たいガラスのような空気はそっけなく、
アスファルトの道は、白々しく、まるで巨大な魚の骨のようです。
葉を落とした街路樹は、
その枝先を、病み上がりの子どもの手のように伸ばし、
常緑樹の大木さえ、流れが凍って作り物のようです。
ときに雪が降り、
音が途絶えます。
あの時カギョクが言ったように、
蛹《さなぎ》でさえも凍ります。

そして、言ったカギョクでさえ、
凍って、姿がありません。
あるのは、ただ素朴な静寂。

冬が極まります。
心細い限りです。

立春

春を忘るな

電話の向こうで、お母さんが告げました。

「桜の木が倒れたの。あなた、あの桜、好きだったでしょ？　だから知らせておく」

「えっ？」よりさんは息を飲みました。「あの桜が死んだの？」

倒れたのは、生まれ育った家と隣の公園の境にある彼岸桜です。大人の腕でも抱えきれない大木でした。よりさんは結婚して家を出たし、その後、お父さんが亡くなって、お母さんは家をアパートに建て替え人に貸して、自分も違う町のマンションに移りました。

家も人も変わってしまっても、それでも桜は立ち続けていました。

「急に倒れたんだって。桜切る馬鹿、梅切らぬ馬鹿っていうでしょう？　公園の方に張り出してた枝にね、子どもが登って危ないからって、去年、管理会社が乱暴に切り落としたらしいの。桜は切ったり折れたりしたら、よっぽど手当てしないとだめなのに。勝手に切って傷めたくせに、倒れた木を片付けるのにお金がかかるから、十万出せって請求してきたのよ」とお母さんは憤慨していました。

でもよりさんは、「それは残念……」と、自分でも驚くくらい素っ気無く言って、電話を切りました。


彼岸桜……。

よりさんはベランダに出て、空を見上げました。

北東の空。

あのぽっかりと澄んだ空の下に、桜が無いなんて……。

子どものころからある大木が、知らない間に、なくなっていたなんて……。

あの桜はこの先もずっとあると思っていました。

彼岸桜という名前は、彼岸のころに、他のどの種類の桜より早く咲くことでついた名です。そしてよりさんの家の彼岸桜は、他のどの彼岸桜より早くに花をつけました。「まだ冷えるけれど、春が来るのですねえ。先駆けさんが咲きましたねえ」と、彼岸桜が咲くと、判で押したように近所の人は言います。普段疎遠な近隣の人たちも、春のほんの一週間だけ、満開の桜のお陰で近しさを感じました。

それだけではありません。花が散るとあっという間に葉が生い茂り、それがかさかさ擦れ合うと桜餅の美味しい匂いがしました。夕方には、葉と枝の影が、前の道で動く影絵のように揺れました。夜には、外灯の白い灯りに葉裏が白く輝き、下から覗くと夜空の深さが際立ちました。

死んでしまったイモリやミドリガメも、あの木の下に埋めました。その時触れたゴツゴツとした根元も、ざらざらした幹の手触りも、触ると手がべたっと汚れる樹液の染みでる節も――みんなありありと、思い浮かびます――。

そう言えば、あの桜は虫に好かれる、厄介な桜でもありました。花が終わるとまず、毛虫がウジャウジャ出て、夏にはアブラゼミが、うるさいほどに鳴きたてます。カメムシが枝に列を成し、甲虫も集まります。葉が落ちた後の冬には、いろんな模様のテントウ虫が一つの塊になって枝の間に集まっていて、本当にびっくりしました。四六時中、桜はいろんな虫をまとっていました。公園と家の境にあるので、どちらも勝手に薬を撒《ま》くのがはばかられるせいもあるのでしょう。あの桜はぞっとするものも平気でまとう、虫に自由な木でした。

『男の子って、なんでできてる？　カエルにカタツムリ、子犬の尻尾』

体は大きいけれど、彼岸桜はマザーグースの歌にあるように、何でも拾ってポケットに突っ込む男の子みたいな木でした。


男の子が、勲章のように自慢する、怪我の痕《あと》もありました。よりさんが同い年のいとこといっしょに木に登り、枝を痛めてしまい、植木屋さんが手当てした抗生物質入りの松やにのかさぶたです。

小学校の低学年。秋の終わりのある日、いとこのあこちゃんが突然やってきました。歯医者さんから逃げ出して電車に乗って、よりさんの家に来たのです。それだけでも驚きなのに、よりさんの家に来た理由がばれると、あこちゃんは家からも姿を隠しました。みんな捜し回って大騒ぎ……けれどその間中、あこちゃんは桜の木にいたのです。

あちこち捜しても見つからず、もう夕方の黄昏時《たそがれ》……空は曖昧な雀色《すずめいろ》に暗闇《くらや》んでいます。心配で胸をどきどきさせながら家に戻ってくると、ちょうど暗闇を察した公園の外灯が、ちかちかと音をたてて灯りました。それでふと上を見上げたら、頭の上にプランと、二本の足が下がっています。

外灯に照り映えて、青いほど白く見える足。あこちゃんです。よりさんは大慌てで、自分の部屋に飛びこんで、窓にかけより声を殺して叫びました。

「何、やってるの！　やだ、ここから出たの？　見つかったら大変だよ！」

よりさんの頭の上に足の裏が見えます。でも、あこちゃんはよりさんを見下ろすと、

「木に呼ばれたんだよ。よりちゃんも、おいでよ……気持ちいいよ」と、まるで何でもないように言いました。

「だめだよ。叱られるよ」

「どうせ叱られるよ」

「けど、みんな心配してるよ。入ってよ」

「じゃ、よりちゃんも来たら一緒に戻る。おいでよ。ほんと気持ちいい……」と、あこちゃんが足をぶらぶらさせると、夕暮れの空気がかき回されて、よりさんの顔をなでます。

あきれたものです。

けれどその時、よりさんの胸の奥で、パチンと何かが弾けもしたのです。見る限り嫌な虫はいません。そして、そんな気持ちを見透かしたように、わずかに残った葉がかさっと鳴って、よりさんを誘いました。よりさんは思い切りました。

「もう……しょうがないな」

その時のわくわくは、今でも忘れられません。体中が心臓になったようにドキドキ打ち、髪の毛一本一本の先まで緊張がみなぎりました。仕方ないからつき合うと冷静を装っても、わくわくして、もしよりさんに猫のようなひげがあったらびりびり震えていたことでしょう。

実際、枝にまたがると思ったほど楽ではありません。いざとなったら跳び下りればいい高さではないので、太股《ふともも》にうんと力がかかります。

でもどうにかお尻が枝に上手くハマって落ち着くと、ふっと、自分が桜の木の一部になったように思えました。

あこちゃんが言った通り、とてもいい気分でした。

枯れかかった葉をカサカサ鳴らすひんやりした風が、よりさんの髪を指ですくように吹き抜けます。葉を透かすようにあたる外灯の光が、よりさんの肌も白く透かすようにあたります。足の裏が、まるで面積が広がったかのようにすうすうする風を受けて冷えていきます。下を行く人は二人が上で息をひそめているなど露ほども気づかずに、夜風に寄る辺なさそうに背を丸めて歩いています。桜の二人にはそれが気の毒にもおかしくも見えて、ぴっと意地悪い目配せを交わしてくすくす笑います。すると桜の葉も一緒にカサカサと笑いました。

結局二人は見つかって、お母さんにこっぴどく叱られましたが、何と怒られたかはあまり覚えていません。

さすがに二人の女の子を乗せて遊んだ桜の枝は、皮が少しよじれて傷んでしまい、後になってお母さんが植木屋さんを呼ぶ羽目になりました。傷みが広がらないよう、傷んだ所に抗生物質を混ぜて練った松やにが塗られました。

人工的な黄丹《おうに》色のカサブタ……それを見る度に、桜には申し訳ないとも思いましたが、それ以上に、あのわくわくした時間……あこちゃんと共有した時を思い出して、よりさんはどうしても頬が緩んでしまうのでした。


彼岸桜……。

次々あふれる思い出に、よりさんは台所に座ったまま、時の経つのを忘れていました。

「母さん……大丈夫？　具合悪いの？」

ふいにこだちが、よりさんの肩に手を置きました。

「えっ？　あ、大丈夫……」

「なら、いいけど。これあげるから、元気出して」こだちは、テーブルに、ことりと風車《かざぐるま》を置きました。表が青、裏が水色の折り紙の風車です。

「どうしたのこれ？」

「昨日、保育園で作ったんだ。良く回る」こだちが息をかけると風車は、くるくると回りました。

「うん……でも、いいの？」

「大丈夫、僕は新しいの作るから。余ってる紙、もらった」

こだちは、鞄《かばん》から、表が緑、裏が黄色の両面に色のついた色紙を一枚出しました。曲がるストローとツマ楊枝があれば、簡単に風車が作れます。よりさんは、なにげなくそれが入ったビニールに貼ってあるシールに目を止めました。神野公園のそばの文房具屋さんの値札です。

「へえ、これ、文房具屋さんで売ってるんだ……」

そう言って顔をあげると、いつの間にか、ひなたもあさひもみなもも、テーブルに集まっていて、皆、よりさんの様子がいつもと違うので心配そうに顔をうかがっています。

「そっか……ありがとう。元気出てきた。そうだ、みんなで文房具屋さんに色紙、買いに行こうか」

よりさんが言うと、子どもたちは皆、ほっとしたようにうんと頷きました。


外に出ると、しんとして、随分冷たい風が吹いていました。春はまだまだ先。やっぱりやめようか……とよりさんは言いかけましたが、子どもたちはやっと心配から解き放たれて、もうとうに駆け出しています。よりさんはコートの襟を立てて、手はポケットに突っ込んで、足早にみんなを追いかけました。

そして神野公園の一本手前の道を曲がり、文房具屋さんで、よりさんはお目当ての両面色紙を二束と普通の色紙を一束買いました。暖房の効いた店内から出ると、外の寒さが一層際立ちます。子どもたちは寒さなんてものともせず、帰りは道をさらに進んで、駅前の大通りに出て、風水神社近くの土手を通って帰ろうといいます。川沿いの土手なら風がよく通り、「きっと、風車、よく回るよ」。

そう言われては、行かないわけにいきません。

一本だけの風車を交代しながら持って、みんなで土手に向かいました。

土手に着いて、ちょうど二順目のみなもの順番がきて、みなもはそれは嬉しそうに駆け出しました。

土手の道は細い道です。半ばまで行くと、向こうから杖をついたおじいさんがやってきました。遠目に片足が義足なのが分かります。ひどくいかめしい顔をして、深いシワは不機嫌を絵に描いたようです。

「みなも、戻ってきて！」よりさんが大きい声をだすと、

「どうして？」こだちが聞きます。

「ほら、足が悪いおじいさんがくるでしょう？　ぶつかったら悪いから、道を譲ろう。おじいさん、皆みたいに、ぱっとよけたりできないもの、みなも！　みなも！」

よりさんは、土手ののり面を、だあっと滑り下りました。

けれど、みなもは、まっしぐらにおじいさんに向かって走っていきます。どう

やらおじいさんに、自分の持っている風車を貸してあげようと思い立ったようです。風車を突き出し、なにがしか話しかけますが、おじいさんは迷惑そうに、杖を持たない方の手で、あっち行け、あっち行けと蝿を追い払うように手を振ります。どうしたわけか、みなもは諦めずに食い下がります。ほかの三人は、よりさんについて下りようか、それともみなもを呼びに行こうか……足を止めて、みなもの様子を見ていましたが、やがてみんなはみなもの方に少しずつ近づいていきます。てっきりみなもを呼んでくるのだろうと、よりさんは下で待ちました。

でも、待てど暮らせど、子どもたちは戻ってきません。いえ、おじいさんの周りに皆集まって、何か盛り上がっています。

「やだ、もうみんな、何やってんのよ」

これ以上手をこまねいてはいられそうにありません。よりさんは、急いで土手の斜面をあがりました。

「もう、すみません……」よりさんが少し離れた所から頭を下げると、おじいさんは一瞬、よりさんに一瞥《いちべつ》をくれましたが、すぐ子どもたちに目を戻します。

そして、やがてみんなの輪のなかから、こだちが風車を持って走ってきました。よりさんが手にしている半透明のビニール袋を指さし、息せき切って言いました。

「母さん、折り紙、ちょうだい」

「えっ？」袋に折り紙が透けて見えています。「これ？　なんで？」

「のぼさん、風車はいらないって」

「のぼさんって」

「名前だよ」

「知り合いなの？」

「ううん、今聞いた」

「今、名前を聞いたの？」あきれました。でもこだちは当たり前のように言います。

「折り紙なら自分の方が上手いんだって。もらわんでもいいよって。代わりにオイが教えてやるよって。だから折り紙くれる？」

何ということ。いつの間にか子どもたちは、初めて会ったおじいさんに、折り紙を折ってもらう約束を取り付けたのです。おじいさんの機嫌も、よりさんの機嫌も構わずに。よりさんはひたすら恐縮しましたが、見ると、ひなたとあさひが手をかして、おじいさんは——いえ、のぼさんは、もう土手に腰を下ろしています。

「いいのかなあ……」よりさんが、折り紙を出して渡すと、こだちは、「じゃ、これ」と風車を渡します。

「母さんは、これで遊んで待ってて」そう言い置くと、こだちは、すっとんでいって、のぼさんの横に腰を下ろしました。のぼさんは、すぐ折り紙を折り始めます。

膝の上でだと折りにくそうなので、よりさんは「これ、台にして使って」と、ひなたを呼んで、両面色紙の入ったビニール袋を渡して、少し離れた所に座りました。

のぼさんが折るのは、紙飛行機でした。

水色の紙飛行機を折り上げて、のぼさんが飛ばします。紙飛行機は、すーっとまっすぐ空に上がっていき……それから急にすとんと弧を描いて道に落ちました。あさひがぱっと駆けだして、紙飛行機を取りに行きます。

その間にのぼさんは次に折り上がった赤い紙飛行機を飛ばします。それはくるっと円を描いて回り、土手べりに落ちました。紫の紙飛行機はびっくりするほど高く上がり、まっさかさまに落ちました。黄色い紙飛行機は低いまま、すーっと長く飛んで、道にお腹を擦りました。

のぼさんが飛ばす飛行機を、子どもたちはまるで棒を投げられた子犬のように駆けて取りに行きます。そして尻尾があったらブリブリ振るように戻って渡すと、のぼさんは翼の先など少し折り目を調整して子どもたちに返します。

今度は子どもたちが飛ばす番。最初は、みんな力が入り過ぎてなかなかうまく飛ばせません。のぼさんが、投げる時の肘《ひじ》の角度、手の持って行き方、「軽く放すんだ」というようなことを教えます。

「なんだか、いいなあ……」よりさんはくすっと笑みをもらしました。

――と、その時、目の前の川面から、ぴゅーっと冷たい風が吹きつけました。風車が持って行かれそうなほどの強い風だったので、よりさんは風車をぎゅっと握り、目もぎゅっと閉じました。

握った柄《え》のストローに、風車がくるくるカラカラ回る振動が伝わります。吹きあげる風が髪を指ですいて行きます。土手に座ったお尻がじんじん冷えて、鼻や耳の先が凍ってちぎれそうです。その冷たさは、よりさんに昔あこちゃんと桜の枝に座った時の感覚をよみがえらせました。あの時、自分が桜の木の一部だと感じたように、今は自分が土手の一部になったようです。

音も際立ちます。子どもたちが弾けるようにけらけら笑い、パタパタ走り回り、のぼさんがおぉっ……と声を上げ、コントラバスのような低音でほっほと笑うのが冷たく澄んだ空気の中を転がります。子犬のようにじゃれあうみんなのわくわくが伝わって……それは冷たい風の固い寒さのコリを、内側からほぐしていきます。

ふっと、風向きが変わりました。

正面から吹きつけていた北風が東からの風に変わると、僅《わず》かに青臭く、そして仄《ほの》かに甘い香りがします。

『東風《こち》吹かば……』飛び梅の歌が浮かびました。

『東風吹かば、匂いおこせよ梅の花、主なしとて、春を忘るな』

でも瞼《まぶた》に浮かぶのは、梅ではなく桜です。

『春を忘るな……春を忘るな』

ポーンと彼岸桜に、背中を押されたような気がしました。

『春を忘るな……春を忘るな』


「母さん」

しばらくして、ふいに、こだちが本当によりさんの肩を叩きました。いつの間にか、子どもたちが皆戻ってきて、よりさんの後ろに立っています。手に手に、お気に入りの紙飛行機を持ち、こだちが肘に下げたビニール袋にはそれ以上……たくさん飛行機が入っています。

「あれ、のぼさんは？」

よりさんは慌てて立ち上がりました。

「もう、行っちゃった。風の向きが変わったから、ここで飛ばしてたら川に落ちる。後は家か公園で飛ばしんしゃい……だって」

「えっ」

急いで道の先をみると、のぼさんの背中が遠のいていきます。

「やだ、ぼうっとしてた、ごめんね。のぼさんにお礼も言わなかった……」

「大丈夫、ちゃんと僕たち、自分で言ったから」

「それにしても、たくさん作ってもらったねえ……見せて……いろんなのがあるの？」

「あるよ。ぼくのはイカっていうの」と、こだちが見せます。

「ひなたのは、ゴメス。あさひのは、カモメ。みなものは……えっと何だっけ」

「僕のは、シャトルだよー」

「で、母さんはこれ、あげる……イカロス。一番かっこいいけど……あんまり飛ばない。それでもいい？」

こだちはイカロスを袋から探り出して肩をすくめました。

「へえ……のぼさん、すごいねえ」

「うん、すごいでしょ？　どうしてこんなに折れるの？って聞いたらね」と、こだちは急に渋い表情を作りました。

のぼさんの真似です。

こだちは、のぼさんを真似て、腕を組んでぎゅっと目を瞑《つむ》り、

「うーん、それは……、それはねえ」と、幾度も首をひねり、それから、はっと驚いたように目を開けて低い声で言いました。

「私は昔、男の子だったんだよ……。小さな男の子だったんだ……」

カエルにカタツムリ、子犬の尻尾……そんなものでできている……。

私は、昔、男の子だったんだよ。
小さな男の子だったんだ。

雨水

萌《きざ》し

つい昨日まで、ずいぶん風がぬるんで、もう春が近いと肩の力を抜いたのに、今日はまたすとんと気温が下がって冬に逆戻り。一層寒さがこたえます。

「今晩はまた鍋物にするか……いつになったら春がくるんじゃ？」

よりさんは、いつになってもしまう間のない土鍋を出しました。昨日のうちに買い物は済ませていたけれど、お鍋にするなら「白菜がいるよねえ……」よりさんは渋々、スーパーに買い足しに行くことにしました。ジャケットにマフラー――完全防備で外に出ましたが、それでも、ぴゅーっ……と木枯らしが吹きつけたので、よりさんはひゅっと首をすくめます。

「さっさと済まそう」

よりさんはいつも通り、近道を通ってスーパーに行くことにしました。グリーンタウンの裏のフェンスの破れ目をくぐって、窪地になっている雑草地に下りると戸板を渡した獣道《けものみち》があり、そこを通るとスーパーの駐車場に出られます。

けれども、数歩、歩きだしたところで……。

「母さん……母さん……」

どこからか、みなもの声がします。姿は見えません。

「母さん……母さん……こっち……こっち」

きょろきょろ見回すと、みなもは隣のゆきさんの家の大きいゴミ箱と壁の隙間に、同い年のゆう君と二人、小さな体をさらに小さくして入り込んでいました。

「何してるの？」よりさんが膝をかがめ、声をひそめて聞くと、みなもは慌てて唇にしぃーっと指を当てました。

「しぃーっ……隠れてんの」

「何で？」

「かくれんぼ……母さん、そっち行ったら危ないよ……」

「何で？」

「柿の木んとこ、鬼の陣地だから……見つかる」

今日はグリーンタウンの集会所で、子どもたちの集まりがありました。バレンタインデーの後なので、すーさまといーさまの指導のもと、チョコレートケーキを焼く催しです。女の子中心のイベント。すーさまも「毎年男の子たちはどうせ食べるだけになるのよねー」と言っていました。あんのじょうそうなって、しかも集会所の中で男の子たちが大人しく待つわけもなく、結局、外でケーキができるまで、かくれんぼをして時間を潰しているのです。

『鬼がいる』と、みなもが言ったのは、よりさんが向かおうとした近道のフェンスの破れ目——まさに、その横にある柿の木のことです。『見つかる』と言われたって、よりさんには関係ないことですが、みなもがあまりにも真剣で横にいるゆう君があまりにも心配そうな顔だったので、

「分かった、じゃ、こっちから行く」と、よりさんは近道とは逆の、グリーンタウンの正式な出入り口の方を指さしました。

「あっ……」

ちょうどその時、びくっとしてみなもとゆう君が身を縮めました。柿の木の方

から、「もう、いいかい？」と鬼のたあ君が、小枝を鞭のように振るって家々の生け垣を叩きながら、ぶらぶら歩いてきたのです。

「あ、おばちゃん……」と、たあ君は言いました。「誰か見んかった？」

「えっ？　誰とも会ってないよ」と、とぼけて、「たあ君、かくれんぼしてるの？」と、いつもより少し大きい声で聞きました。みなもとゆう君が緊張と不安で、くすくす笑ったからです。あれではすぐにばれてしまう――そう思ってよりさんは思わずみなもたちに味方して、たあ君の注意を自分に向けてごまかしたのでした。

「ケーキはどう？　美味しいのできるといいね」

「知らん」

「でも楽しみじゃない？」

「別に？」

「私は楽しみだなあ……一口でいいから食べたいなあ……」

一緒に歩きながら、よりさんはしょうもないことを声高に話し続けました。

だって、生け垣の陰、玄関の傘立ての隙間、車の後ろ、自転車置き場の陰――ありとあらゆる所から、隠れている子たちの気配が、もう見つけてくれと言わんばかりに漏れてくるからです。話すのをやめて立ち止まったら、近くに隠れていた子が見つかってしまうような気がして、よりさんはグリーンタウンの駐車場を抜けて出口まで、たあ君に纏《まと》わりつくように懸命に話し続け……さすがにそこで「じゃあね」と別れました。


一人になると、寒さがぶり返します。

グリーンタウンのぐるりを囲むフェンス沿いの細い桜の木も、枝を空に向かってあがくように手を伸ばしたところで、爪の先まで……振り乱した頭の髪の先まで凍ってしまったように見えます。

出口を出ると見える、少し先の大通りのイチョウの街路樹は、ぱっつんと頭を刈り上げられて、まるで詰め襟の軍服を着た番兵さん。背筋を伸ばして、よりさんを気圧《けお》します。

グリーンタウンの脇を流れる川の橋を渡って大通りに出るのが順当な道ですが、少しでも早く済まして帰ろうと、よりさんは橋の手前でフェンス脇の階段をトントントンと降りました。グリーンタウンの敷地に沿って、小回りにぐるっと回って裏の雑草地に行くことにしたのです。

川を右に見下ろして、よりさんは護岸のコンクリートの道を歩き出しました。左には、護岸の塀。グリーンタウンのフェンスはその上です。川からの風が吹きつけて、よりさんは背を丸め、コートの前をぐっと合わせて歩きだしました。


少し行くと、くすくす……と場違いな笑い声が聞こえて、よりさんは目をあげました。フェンスの内側、ちょうどよりさんの目線の高さに、こだちがしゃがんで見下ろしています。動物園のリスザルのように、フェンスの網をつかんで、こだちはしいっと唇に指を当てます。

「こんなところに隠れているの？」と、よりさんが声をひそめて聞くと、こだちはうんと頷きます。こだちを隠すのは、大人なら両手で握れるほどの太さしかない細い桜の木と、その根元に膝の高さくらいまで茂ったわずかな枯れた下草です。

「大丈夫なの？」

「大丈夫だよ」こだちが答えると、下草の所にかがんでいたひろし君が少し腰を浮かせて手を伸ばし、こだちを引っ張りました。こだちは慌てて首をすくめ、身を縮め、心許ない木の後ろに隠れ、バイバイと後ろ手に手を振りました。

「頑張って」とよりさんは足早に立ち去りました。そこに留まると鬼に場所を知らせるようなことになってしまうからです。


やがてフェンスの端に着き、よりさんは角を折れて、雑草地に入る三段ほどの段をあがりました。雑草地の中にある道は、いつも使うスーパーへの板の渡った獣道だけです。そこまでは、わさわさ腰まで茂った枯れ草をかき分けなければなりません。

『歩きにくいなあ……』

一歩一歩に力が入ります。よりさんは足を地面に押しつけるように、ゆっくり進んで行きました。

ふと、また笑い声が聞こえました。顔を上げると、それはまたグリーンタウンのフェンスの内側。雑草地に面したフェンスの際にある柿とレモンの木の間からでした。鬼が陣地にしている、五メートルほどの柿の木と、寄り添うように立つ、ぼんぼりの形をした三メートルほどのレモンの木――春にいーさまがよりさんに、カイガラムシを見せようと手折《たお》ってくれたレモンの木の間です。そこにもう見つかってしまった子たちがたむろしています。笑い声は、その子どもたちのもの。

たあ君がこだちとひろし君を連れて現れました。

「これで全員?」誰かが聞くと、たあ君は悔しそうに言います。

「いや、あさひがまだ……誰か、あさひ、知らん?」

皆顔を見合わせて、肩をすくめます。誰もあさひを見つけていません。

でもその時、かすかに、みしっと、草がきしむ音がしました。

『あっ……』とよりさんは、思わず声を上げそうになって、慌てて口をふさぎました。

あさひです。

子どもたちからは見えませんが、あさひは柿の木のすぐ後ろ……フェンス際に植えられた雪柳の木と木の間の茂みのわずかな隙間に、身をねじ込んでかがんでいました。鬼の陣地の後ろという死角……あさひはうまく、灯台もと暗しの盲点をついたのです。

『へえ……やるじゃん、あさひ』よりさんは感心して、あさひの背中を眺めました。緊張した背中が真剣さを醸し出しています。でも肩は笑いをこらえて、かすかに震えて、じり、じり……と足元もかすかに動いています。じっとしていようと思っても、うまくやったという嬉しい気持ちがはみ出してしまうのです。

見ているよりさんも釣られてにやにやしてしまいます。最後まで見届けてみたいけれど、足を止めていたらせっかくのあさひの名案が、よりさんのせいでばれてしまいます。『頑張れ』と、また心の中で呟《つぶや》いて、よりさんは先に進みました。

やっと、戸板を渡した道らしい道に辿《たど》りついて、よりさんは固い板に足を乗せました。よりさんの体重で板が少したわみます。目を落とすと、そばの拳《こぶし》ほどの小石の脇から、生まれたばかりの若い草が顔を出しています。

足元に隠れた雑草。名前も分からない草で、点々と朝露のような控えめな薄紫の小さな蕾《つぼみ》をつけています。それは大人たちは気取っていても、子どもが口の端《はた》から、くすっと漏らしてしまった笑いのような草の姿です。

『木の葉の落つるも、先づ落ちて芽ぐむにはあらず、下より萌《きざ》しつはるに堪えずして落つなり。迎ふる気、下に設けたる故に、待ちとる序甚《ついではなは》だ速し』――徒然草の一節を思い出しました。

そうか……春はとっくに萌していている……よりさんが気づこうが気づくまいが……。

そしてそう気づくのを待っていたように、どこからか一匹の蝶が、よりさんの目の前を横切りました。

ヒョウモン蝶――ツマグロヒョウモンです！

よりさんは喜びに打たれて、息を飲みました。

だって、ヒョウモン蝶はよりさんにとって特別な蝶だったからです。

ここに来て、初めてちゃんと出会ったのがヒョウモン蝶でした。

幼虫の姿を見て、初めて自分で図鑑を調べたのがヒョウモン蝶でした。

初めて飼って育て、初めて目の当たりに脱皮を見、蛹化《ようか》を見、羽化《うか》を見たのがヒョウモン蝶でした。

よりさんを今のよりさんに導いた特別な蝶。それがまるで、よりさんを励ますように現れて、戸板に止まってよりさんの目を引き付けると、また飛んで、横向いて、逆さまになり、じっとしているかと思うとまた飛び立ち――じらすように場所を変えながら、これ見よがしに姿を見せつけます。

やがて足元のお茶碗を伏せたような石に止まって、やっと羽を閉じたので、よりさんもかたわらで膝を折りました。ヒョウモン蝶は、上から見るとオレンジで縁は黒……羽の肩に白いラインが入った色のくっきりした蝶です。でも今、足元の石に止まって、羽を閉じているのを横から見たとき、羽の裏は銀鼠《ぎんねず》のビロード――まさに名の通り、豹の毛皮のようです。『豹紋蝶』の名はもちろん、姿形もよく知っていると思っていたのに、表の艶やかさに目を奪われて、この裏の獣めいた滑らかさは初めて見た気がします。旧知の友の別の顔。ドキッとしました。

やってくるこれからの春は同じことの繰り返しではないよと、身を以《も》って教えてくれているようです。もしあなたが新しい気持ちを持ち続ければ、これからも新しい発見にわくわくできるよ――そう伝えて、ヒョウモン蝶は、務めを果たしたように、すーっと、飛びたって行きました。

よりさんは立ち上がって目を閉じ、大きく息を吸い込みました。


さっきまでは、冷たいだけに思えた空気に、ほのかな甘い味がします。そして、ヨーリーン……ヨーリーン……

かすかな声が耳をくすぐりました。一つではありません。たくさんの、たくさんの声。

どれも一つ一つは本当にかすかだけれど、それが集まって合唱のようによりさんの耳をくすぐります。もし目を開けたら瞬《まばた》きで、まつ毛が起こすわずかな風にも、飛ばされてしまうような……『小さなもの』と呼ぶにも至らないほど、小さな小さな玉響《たまゆら》の気配の声。

そしてよりさんはその声の中に、聞き覚えのある声を、見つけました。知っている声よりだいぶ幼く、瑞々しいけれど、それはよりさんが絶対に聞き間違えることのない声――カギョクです。

「カギョク⁉　カギョク、そこにいるの？」

すると、一粒の風の粒が、ぱちっとソーダの泡が弾けるような音をたてました。

「ああ、カギョク……カギョクなのね」

言葉で答える代わりに、耳元を弾いたカギョクは、自分の勢いの反動で遠ざかりましたが、代わりに他の声が耳元に吹きつけます。

ヨーリーン……ヨーリーン……

ヨーリーン……ヨーリーン……

どこか懐かしく、どこか新たなたくさんの声が、よりさんを包みます。今まで、ここに来てから出会った小さいものたちの姿や感触がよみがえって、よりさんを圧倒します。

風の塊のカギョク、鼻が曲がるほど臭いもの、うぞうぞ蠢《うごめ》くもの、凛と胸をはるもの、空威張《からいば》りして突っ張ったもの、のんべんだらりとしたもの、ふわふわの体、トゲトゲの体……。

そしてまったく新しい感触や気配も。

ヨーリーン……ヨーリーン……

ヨーリーン……ヨーリーン……

よりさんは、その声に背筋を伸ばしました。

でもいきなり、ほのかににぎやかな静寂は、本当の子どもの大声で、破られました。

「降参！　あさひ、出てこいよ！」たあ君です。鬼のたあ君が降参したのです。

「降参！　降参ってよー！」皆があさひに知らせようと、バタバタ、散らばっていきます。けれど、その瞬間を待ちに待っていたあさひが、皆の後ろから飛び出しました。あさひは拳《こぶし》を突き上げ、

「やりぃ！」と叫びました。

「お前、ここにいたのかよ……」

途方にくれたようにたあ君が言います。

へへへ……あさひが大得意で、口の端を少し曲げて笑います。

「こんな所にいたのさ」


こんな所にいたのです。

こんな近くにいたのです。

あさひも。
カギョクも。
春の萌しも。

虫愛づる姫もどき

おのりえん（小野里宴）
1959年東京に生まれる。作家。児童文学作家としての作品も多いが、『メメント・モーリ』（理論社）などの長編ファンタジー作品もある。主な作品に『でんでら竜がでてきたよ』「イガー・カ・イジー」シリーズ（理論社）、『そっといいことおしえてあげる 』『 よくばりぎつね じろろっぷ 』（福音館書店）「おかしきさんちのものがたり」シリーズ（フレーベル館）、『なきむしおにごっこ』（ポプラ社）など。本書の春のお話として『虫のいどころ　人のいどころ』夏のお話に『虫のお知らせ』（理論社）がある。

秋山あゆ子（あきやまあゆこ）
1964年東京に生まれる。漫画家として『虫けら様』『こんちゅう稼業』（青林工藝舎）などのファンタジックな虫の世界を描くかたわら、絵本作家としても活躍。絵本の作品に『くものすおやぶん とりものちょう』『くものすおやぶん ほとけのさばき』（福音館書店）、『みつばちみつひめ てんやわんやおてつだいの巻』『みつばちみつひめ どどんとなつまつりの巻』（ブロンズ新社）などがある。

作者　おのりえん
画家　秋山あゆ子
発行者　齋藤廣達
編集　芳本律子
発行所　株式会社 理論社
〒103-0001　東京都中央区日本橋小伝馬町9-10
電話　営業 03-6264-8890
編集 03-6264-8891
URL　http://wwww.rironsha.com

印刷・製本　図書印刷
本文組　アジュール

2015年1月初版
2015年1月第1刷発行

©2015 Rien Ono & Ayuko Akiyama Printed in Japan
ISBN978-4-652-20084-1　NDC913　B6判19cm　279P

落丁・乱丁本は送料当社負担にてお取替え致します。
本書の無断複製（コピー、スキャン、デジタル化等）は著作権法の例外を除き禁じられています。
私的利用を目的とする場合でも、代行業者等の第三者に依頼してスキャンやデジタル化することは認められておりません。